U0016828

如果我們無法以光速前進

우리가 빛의 속도로 갈 수 없다면

金草葉——著
김초엽
胡椒筒　譯

好評推薦

金草葉透過纖細流暢的文字與獨特想像視野織就整片科幻星空，在層層迷霧中清澈凝視底下的人與人性，以女性的感知、小説家之眼觸碰世界各種複雜面向，溫柔有力地於韓國當代文壇搶下一席之地。

——頁華爾滋 Kristin

以科幻包裹生命埋藏的祕密，看似銀白冰冷的外殼，內裏卻是暖烘烘的愛與人性。如夢囈般的款款細語，探尋宇宙，最終只為找到自己，正如在字裡行間閃爍的訊息：一個驚奇又美好的生物。

——石知田（演員）

我壓抑著呼吸，謹慎讀完這本美麗得不可思議的作品。我屢屢聯想到雨果獎與星雲獎的常客姜峯楠（Ted Chiang），在淵博的科技知識上，堆疊出繁複的哲學思辨，但不僅於此，若讀者反覆、細細斟酌，或會恍然大悟，作者同時也藉由可以名狀的知識，去接近難以言喻的事物——人類的複雜感情。

——**吳曉樂**（作家）

金草葉的藝術，是「彌補」的藝術。在小說中數個女性身上，科幻成為推進器，讓心有再一次縫補的可能，因為「我很清楚自己要去哪裡。」如果我們無法以光速前進，那現在就上路。

——**神小風**（作家）

在無限廣闊的銀河之中，地球上渺小的我們，仍然不停地鑽研探索時間與空間這兩項緊緊束縛著我們的科學維度。或許有一天，我們真能找到超脫一切的辦法，使得人類能到更遙遠的地方，我們一直以為真理就在他方；但或許，我們早已擁有橫跨時空的力量，即便時間與空間使得人們分開，唯有懂得去愛、相信著愛，就是永恆亙古的解方，在時空的盡頭，你我終在身旁。

——**國國**（**落日飛車樂團主唱**）

在 Google 上搜尋的東西，下一秒就會出現在 Instagram 的廣告中，這多少會教人心裡緊張一下。若把這看成是在被人工智慧監視的話，便也就理解。不過是幾年前，我們根本沒想過發生這種事。突然意識到這點，不禁教人頭暈目眩。世界到底在以多快的速度在變化呢？它正朝著哪個方向變化呢？我能適應未來的新環境、幸福地生活嗎？沒有人知道這些問題的答案，所以才教人不安。或許金草葉也不知道，也許她也會感到不安。但不知道為什麼，讀了她的小說以後，我覺得那種不安消失了。彷彿再過幾十年或者幾百年，即使人類可以把身體改造成賽伯格，或是抵達宇宙的另一端，在那發現外星生命體，但愛依舊會留在我們心中。哪怕世界變成無法辨認的樣子，理解和共感也仍舊會保留下。當然，我們無法確定是否真的如此。但這種溫暖的心情，足以成為我在這個可怕世界上度過每一天的力量。我很感謝這本書。

——張基河（韓國音樂人）

目次

為何朝聖者去而不返

蘇菲，這件事我該從何說起呢？

妳收到這封信的時候，也許我離開的消息已經傳開了吧。因為過去沒有像我這樣未成年以前就離開村莊的人，所以大人們應該很生氣吧？如果可以的話，妳能幫我轉告大家嗎？告訴大家，我依然非常愛他們，而且也不後悔自己做的決定。

妳一定很好奇為什麼我會做出這樣的選擇吧？

妳相不相信，我現在正前往「初始地」。沒錯，就是我們要去朝聖的那個地方。我的眼前浮現出了妳用尖酸刻薄的語氣指責我說：「反正很快就要去了，妳為什麼就非要闖禍偷跑呢？」我剛剛模仿了妳的語氣，簡直跟妳一模一樣，可惜妳都沒有聽到。

我來說說關於朝聖的事吧。即使我現在閉上眼睛，也還是能清楚地記得成年儀式上的風景。也許妳也和我一樣，畢竟我們每年都會走那條路。十八歲的朝聖者們按照初始地的習俗穿戴好後，來到廣場上集合，那畫面教人覺得既陌生又有趣。朝聖者們接過大人們千叮萬囑不可以離身的小金屬塊後，沿著我們撒滿花瓣和寶石粉的路走向出發地點。我們帶著羨慕、不捨和些許嫉妒的心情站在路旁，揮手與他們道別。那艘破舊的、不斷發出咯吱咯吱聲響的移動船停靠在隊伍的盡頭，開著門等待著朝聖者們。

說到那艘移動船，現在仔細想來，從來沒有人告訴過我們，那臺奇怪的機器是如何運作的。我們只能相信大人們的話，相信它不會有任何的問題。當然，參加朝聖儀式的人中，誰也沒有露出畏懼的表情。不過想想也是，在前往成為大人的路上，害怕一臺破機器也未免太丟人了。

大人們總是不讓我們看移動船離開的瞬間。妳還記得吧？我們站在朝聖者面前，跟他們一一握手、貼面道別以後，大人們會教我們喝一口帶有奇特香氣的飲料。記得有一次在學校，老師提到那口飲料的含義，說那是幫朝聖者們分享未來一年將會遇到的痛苦與磨難。雖然也有大人說，那只是紀念儀式的酒，但我偷偷喝過酒，所以知道那不是酒。我們喝下那口飲料以後，會感到頭暈，然後失去短暫的記憶。

大概過了五到十分鐘左右，等我們清醒過來的時候，移動船早就開走了。

之後整整過了一年，朝聖者們就像事先約好了一樣，在同一天的同一個時間乘坐同一艘移動船返回村莊。他們就像英雄一樣踏上歸途，最終獲得了成年人的認可。可是，回來的人總是比離開的人少。我們經常在歸來的隊伍裡找不到熟悉的哥哥和姊姊，而且奇怪的是，我們的村莊很快便會「遺忘」他們的名字。

遺忘。這是我對朝聖儀式產生的第一個疑問。如果我沒有寫日記的習慣，那我也會忘記那些沒有回來的人。每年朝聖儀式結束後，我回到家都會用手指摸一摸寫在日記本上的問題，反覆回想之前發生的事情。我那時就在想，或許妳也會產生跟我相同的疑問，說不定那口飲料就是遺忘藥，迫使我們抹去了那個問題。

為什麼有的朝聖者去而不返呢？

這封信就是那個問題的答案，同時也是我為什麼要去初始地的答案。讀完這封信以後，妳就會理解我了。

好，那我就開始說那件事了。

那件關於去年春天回歸日的事。

那天的天氣好極了，好得就像是為了歡迎朝聖者們一樣。幾天前，因降溫而含苞待放的花，恰好也都在那天綻放開了。那天妳跟調香師走了，所以我們一整天都沒見到面。我被選為花童代表去為朝聖者們製作花束。我選出漂亮的花綁成花束，還得到了大人們的認可，當時開心極了。那時，迎風飄來了一股芬芳的香氣，雖然不知道其中哪個味道是妳調出來的，但真的很好聞。

萬里晴空，柔和的春風裡夾雜著分不出是花香，還是香水的氣味。朝聖者們從不知何時抵達的移動船上下來，沿著沙路走了過來。

我們這些花童提前來到指定的區域站好，頭上戴著歡迎他們的裝飾。我們和大人們都知道，離開的人之中有一半不會回來，但還是按照出發時的人數準備了花束。當所有人從移動船上下來，走到沙路的盡頭時，仍有超出一半的花束捧在我們的手上。我把剩下的花束拿給大人們，他們就像面對理所當然的事情那樣，直接教我把花束送去了小屋。他們的意思是，讓我把剩下的花都送到迎接回歸者的最後一個地點，也就是拿去裝飾等會兒舉辦見面會的場所。但是，為什麼他們沒有一個人肯解釋，花束剩下一半的意義呢？

臨近回歸日的前幾天，我曾問過老師：「難道朝聖者們在初始地遇到了什麼危險，發生了什麼可怕的事情嗎？所以那些人才沒有回來？」老師就像聽到一個可愛、有趣的故事似地笑說：「黛西，這怎麼可能呢？那都是朝聖者們在初始地做出的選擇，沒有人可以強迫他們。」老師的回答令我似懂非懂，她的意思應該是那裡沒有危險吧？

雖然我可以選擇不相信老師的話，但看到她燦爛笑容的背後似乎隱藏著淒涼，我就沒有再追問下去。

大部分回來的人看起來都很開心，他們面帶笑容向久未見面的老師問好。其中還有人說很想念大家，緊緊地擁抱了我們。他們明明和我們的身高差不多，但奇怪的是，去過初始地的人似乎真的變成了大人。

村裡的大人把他們帶進小屋，我們這些孩子分到一些零食以後，就被趕了出來。因為在去朝聖以前，未成年的孩子不可以聽關於初始地的事情。身為花童代表的我為了處理剩下的工作而一直留到最後，大人向我使了一個眼色，所以我也不得不離開了。

我推開小屋的門走出來，發現四下無人，就在我以為大家都返回中心區的時候，看到一隻在大樹之間跳躍的松鼠。我的視線緊緊追隨那隻松鼠，最後停留在了小屋的後面。

一束花被扔在地上。我一眼就認出那是我綁的花束。看到自己煞費苦心綁紮的花束被扔在地上，心裡很是難過。我心想，不如撿回家插起來好了。但就在我打算去撿那束花的時候……

我看到了一個人。是那個男人把花束扔在了地上。

他在哭泣。

男人看到我，嚇了一跳，立刻站起來。我不知道這樣講是否合適，我還是第一次看到有人流露出如此悲慘和絕望的表情。他沉浸在悲痛之中，彷彿失去了一切似的。那是怎樣的一種感情呢？雖然我知道這種感情的存在……但也只曾在書中看過。

「你怎麼了？需要幫忙嗎？」

他一邊搖頭一邊仔細地打量著我，最後認出我就是剛才遞上花束的花童。我看到他手裡握著一個陌生、似乎不屬於這個村莊的機器。他見我目不轉睛地盯著那個機器看，於是心虛地把手藏到了身後。

「那是什麼？」

「總有一天，妳也會知道的。」

「那你是因為那個東西難過嗎？」

「我是因為留在初始地的東西而難過。」

「你把什麼東西留在那裡呢？」

男人沒有回答。我知道再問也沒有用。他的眼睛哭得紅腫，說完他便走進小屋後面的樹林裡，消失不見了。

我回到村裡，問了其他孩子認不認識今年回來的人。那個男人是誰？哪些人回來了，又有哪些人沒有回來？男人把什麼東西留在了初始地？雖然他說留在初始地的是「東西」，但也有可能不是東西而是人吧？或許他說的「留在初始地的東西」是指那些沒有回來的人之中的某個人？

我也問過妳相同的問題吧？

在去朝聖以前，大人們禁止我們推測有關初始地的事情，所以我們根本無從得知朝聖者在那裡經歷了什麼。只有我和極少數的孩子們小心翼翼地猜測，那些人之所以沒有回來是因為初始地發生了悲劇。但很多人卻不這麼想，妳大概就是其中之一。我記得妳說過這樣的話：

「如果朝聖那麼危險的話，為什麼還要讓我們去呢？」

聽妳這麼說，我下意識地點了點頭。但現在想來，我當時並沒有認同妳的說法，而是覺得外面有如此可怕的地方，但大人們還是不斷把我們送去，光是想到這些就夠教人痛苦了。

我之前讀過有關早前人類成年儀式的內容，那本書對比了歷史上很多地方以各種方式舉辦的成年儀式，書中也提到像我們這樣，把即將成年的少年、少女送到遠方的習俗。大人為了證明孩子已經長大成人而進行的殘酷測試。比如，命令孩子獨自制伏猛獸，或是赤腳行走在鋒利的刀刃上。只有通過嚴格測試生存下來的人，才會獲得成年人的認可。我之前以為這些習俗不過是過去的野蠻行為罷了，但現在才意識到，這種成年儀式本身或許暗含著測試的性質。

從那時開始，之前沒有想過的問題就如潮水般湧入我腦海。

為什麼書中的世界存在矛盾、苦難和戰爭，而我們的村莊卻如此地平靜呢？

為什麼我們的村莊大人少，孩子卻這麼多呢？

為什麼朝聖者去而不返呢？

為什麼那個男人就像失去了一切似的，哭得那麼傷心呢？

蘇菲，妳還記得嗎？我們在學校學習過關於初始地的歷史，雖然我們上課時直打瞌睡，但聰明的奧斯卡卻提了一個這樣的問題：

「老師，為什麼我們沒有歷史呢？」

老師笑著回答：

「我們怎麼會沒有歷史？你們都知道這個村莊的創始者莉莉和奧莉薇的故事啊，是她們為我們留下了這個美好的地方，教會了我們詩歌、歌曲和慶典。」

「但這跟初始地的歷史相比太短、太沒有內涵了。」

「奧斯卡，等你長大以後，就會明白所有的真相了。現在，你只能等待。」

這樣講很難為情，但在奧斯卡提出這樣的問題以前，我從來沒有想過我們的歷史。為什麼只有在生活中遇到挫折的人，才肯去尋找世界的真相呢？自從遇到那個哭泣的男人以後，我便被一個令人震驚的問題給深深困惑：

我們雖然幸福，但卻不知道這種幸福的根源。

蘇菲，妳聽說過關於學校後院的傳聞嗎？學校的後院有一個收藏禁書的圖書館，妳可以去確認看看。那裡看起來就和普通的花園一樣，四周種植了許多高大直挺的花朵，目的在於遮擋人們的視線，所以人們不會輕易察覺到那是個奇怪的地方。

總之，妳去那裡仔細觀察，就會發現一塊種著假花似的長方形花壇。我也是觀察了好一陣子才發現的。即使起風的時候，那處花壇裡的花也不會搖擺，而且用手去摸那些花時，還能感到一股酥麻的感覺穿過手臂。是不是很不可思議？

有一個關於守門人的傳聞，據說只要有人在後院聊天，圍牆就會突然發出噪音，像驅趕入侵者般把聊天的人趕走。我之前就聽說過村裡隱藏著一個巨大禁書區，所以更加肯定那個守門人看守的不是後院，而是禁書。

若想接近那個地方，就要有耐心。我為了討好守門人，足足在後院打理了十天的花壇。幸好我是花童，所以了解那些花的特性。我知道守門人肯定在某個地方盯著，但他始終沒有出面趕走我。

直到我把花壇打理到大概是過去十年來最美的時候，才鼓起了勇氣。

我站在花壇前說：

「先生，您在那裡吧？」

虛空中傳來他的聲音。

「妳是誰？」

「我是住在村裡的黛西。」

「妳參加過朝聖儀式了嗎？」

「還沒有。我在尋找禁書區。」

「這是不允許孩子進入的空間。」

「但我想知道世界的真相。」

「世界的真相不在這裡。」

「但這裡能找到那個真相。您可不可以讓我進去呢？我因為好奇，所以每晚都睡不著覺。」

聽到守門人可怕的聲音，說我一點都不緊張那是騙人的。但我說的都是事實，我真的每晚都在為揣測世界的真相而徹夜難眠。

守門人遲疑了半天。我站在原地等了十分鐘，不，等了一個小時，可能比那還要久。我等待著守門人做出決定。漫長的時間過去以後，我聽到了喀嚓一聲響。守門人說：

「妳很像我認識的一個孩子。」

突然，花壇後面的那道圍牆發出了不同的光。那是……通往書櫃的門。我向始終沒有現身的守門人深深地鞠了一躬，然後快步朝書櫃走去。

禁書區的書櫃很窄，還有一股霉味。因為沒有陽光，所以裡面很暗。似乎好幾年都沒有人來過，四周積滿了灰塵，而且那些禁書出奇地又小又薄。

這都是書嗎？我喃喃自語。

我在書櫃上看到了莉莉和奧莉薇的名字。莉莉和奧莉薇，她們是創造這座村莊的人，最早參加朝聖儀式的人，人們讚揚且尊敬的創始者。

我看到了奧莉薇的紀錄。

當我翻開那本從書櫃上取下、又小又薄的書時，我才意識到那不是真正的書。只見耀眼的光灑落在紙上，如同禁書區外的那扇門一樣，虛空中出現了一幅畫面。

那是我們所不知道的初始地的科技。

一個女人出現在畫面裡，她與我四目相對。

啊，我認識她。她就是奧莉薇，這座村莊的歷史。但她看上去一點都不像肖像畫裡那個上了年紀的人，我眼前的奧莉薇十分年輕，感覺年紀就跟剛朝聖回來的人差不多。

2170. 10. 2.

幾個數字顯示在畫面中。

「為什麼我們會到這裡來？」

那幾個字一閃一閃的。

奧莉薇身後的風景開始扭曲，發生了變化。那是很遙遠的地方……就像不存在於這裡的世界一樣。奧莉薇像是要記錄什麼，把綁在手腕上的機器拿到嘴邊，平靜地說：

「莉莉因為太愛我，所以創造了這座村莊。一年前，我才了解到這個事實。」

「我在找莉莉．道德納。」

守在自然史博物館服務臺的男人把頭轉向聲音傳來的地方，只見大廳裡巨大的大象模型下面站著一個女人。

女人戴著帽T的帽子，遮住的半邊臉上有一道非常大的傷疤，看上去應該是燒傷的疤痕。男人看到她那張醜陋的臉，不自覺地皺了一下眉頭，但馬上若無其事地從座位上站了起來。

「您是怎麼進來的？」

「從入口。」

「我們閉館了啊。參觀時間已經結束。」

晚上七點，早已過了允許遊客出入的時間。女人像是不理解男人在講什麼，愣愣地看著他。男人顯得有點不耐煩。明明應該嚴格管理好所有的入口，看來新來的保安又疏忽大意了。可是即使有人疏忽沒鎖好大門，但外面也拉起了隔離帶啊。難道這女人視而不見，就這麼走進來？

女人問道：「關於莉莉・道德納的資料在哪裡？」

她邁開步伐朝服務臺走來，男人觀察著她的臉。

「您貴姓？」

「奧莉薇。」

「奧莉薇小姐，現在博物館已經閉館，所有人必須離開。很遺憾，沒有例外，請您明天再來吧。」

男人一邊說一邊暗自感嘆自己的耐心和親切，但女人卻毫不在意地皺了皺鼻說：

「總之，你的意思是這裡有關於莉莉的資料囉？」

男人見眼前這個女人把自己的話當作耳邊風，不禁有些惱怒。

「那是當然了，不知道莉莉．道德納的人怎麼能在博物館工作？明早天亮以後，上午十點整，您去參觀一下二樓的『新人類』館吧。關於莉莉．道德納的資料，夠您看上一整天。」

男人察覺到自己提高了嗓門，而且聽來很不耐煩。他在博物館工作了十年，但還是第一次遇到如此執著於莉莉．道德納的人。雖然女人仍一臉不滿，但男人也沒打算做出讓步的意思。無奈之下，女人只好轉身離開。

男人透過監視畫面確認女人走出博物館以後，才又坐回座位上。要不是手上還有必須處理的文件，他一定會親自帶那個女人出去，徹底把她趕走。

夜幕降臨後，一股不安的氣氛包圍了男人。他後知後覺，心想剛才不該就那麼放走女人，至少該嚇唬她一番。

自己提了「新人類」館的事嗎？

男人來到二樓的「新人類」館，緊張地打開燈，但沒看到人影。保全系統也顯示一切正常，完全沒有任何人入侵的跡象。男人滿意地在館內走了一圈，接著朝入口走去。

不，他正打算走出去。

瞬間，男人發現了什麼，他的表情立刻僵住了。

館內展示的莉莉．道德納的研究筆記本不見了！

奧莉薇最初到達的地方是沙漠的正中央。由於安裝在移動船上的程式反覆提示：「無法接近東部」，所以移動船停靠於西部荒地上。奧莉薇好不容易才找到了翻譯模組和字典，但不知道怎麼充電，移動船變成了無法運作的廢鐵。

守門人說的沒錯，毫無計畫地前往地球是非常魯莽的舉動。奧莉薇在抵達地球的第一天便意識到，僅憑尋找村莊的真相和母親「莉莉」的過去是無法在這個地方生存下去的。若不是在長途跋涉後發現了莫哈韋沙漠裡唯一的城市——利塔斯，不要說尋找真相，恐怕一個星期後奧莉薇就會餓死於沙漠。

奧莉薇的穿著在城市裡過於顯眼，城裡人都穿著貼身的塑膠材質西裝，到了夜晚，西裝還會發出繽紛的色彩。相比之下，奧莉薇的打扮更接近於破衣爛衫，但在城市郊外遇到的那些少年則看起來跟奧莉薇的處境差不多，他們身上披著破布，四處打劫觀光客。少年們瞟了一眼奧莉薇，覺得她身上沒有什麼值得搶的，於是轉移了視線。

對奧莉薇而言，尋找住處也成了一件難事。離開村莊前，守門人告訴她，識別卡已經進行了處理，到了地球可以立即使用。但問題並不出在識別卡上，而是出在其他地方，人們對待奧莉薇的態度就像對待路邊的垃圾一樣。

抵達城市的第三天，奧莉薇終於找到了問題的原因。奧莉薇為了尋找關於地球與村莊的線索，在城市四處打探時發現翻譯模組無法如常運作，時好時壞。就在她陷入絕望的時候，一個老人搭話說：

「姑娘，妳的臉怎麼了？」

「嗯？」

老人以在村莊裡從未見過的眼神打量著奧莉薇。雖然那種眼神不足以構成威脅，但奧莉薇卻感到很排斥。老人似乎是想問奧莉薇臉上的傷疤是怎麼回事。奧莉薇淡淡一笑，回答說：

「我出生的時候就這樣了。」

「真令人惋惜。」

「為什麼惋惜呢？」

聽到奧莉薇的反問，老人流露出了更加同情的表情。

「妳沒做手術嗎？我的意思是，胎生手術。這麼大的缺陷，應該能提早查出來啊。」

翻譯模組顯然沒有在運作，因為老人的話她一句也聽不懂。

「胎生手術是什麼？」

老人惋惜地嘆了一口氣。

「對不起，怪我說了不該說的話。」

說完，老人翻了翻口袋，掏出了什麼東西。

「在利塔斯的生活沒那麼容易。妳年紀輕輕的，怎麼長成了這副模樣……」

老人一邊碎嘴，一邊把守門人稱之為「籌碼」的東西遞給了她。雖然奧莉薇面有難色，但老人硬是把籌碼塞進奧莉薇手中並轉身快步離去。

奧莉薇感到心裡很不舒服，但卻不清楚為何。這是她內心從未體驗過的感受。

總之，可以肯定的是，地球上的人類對奧莉薇投以異樣的眼光，而她臉上那道傷疤就是主要原因之一。

逗留在城郊的這段時間，奧莉薇慢慢熟悉了那裡的生態。那裡有很多和奧莉薇相似的人，雖然大家的臉上沒有明顯的傷疤，但至少都存在著受到冷落待遇的特徵。這些人自稱非改造人。在奧莉薇眼中，他們根本沒有任何問題，但非改造人卻認為自身存在許多缺陷，他們覺得自己的智能低下、外貌醜陋、身材矮小或者身患疾病。

按照這些人的分類，奧莉薇也屬於非改造人。

在城郊，奧莉薇找到了幾份零工。城市的中心是遊客們聚集的繁華地段，所以那裡每晚都會舉辦表演、席開派對。但在城郊則住著沒日沒夜工作的人們，大家生產著每天要送往城裡的物資和食物。奧莉薇找到的那些零工是比僱用機器人更便宜的工作。

過了很長一段時間，翻譯模組才漸漸適應了地球上的語言。雖然守門人告訴奧莉薇：「這是一百年前的語言，所以多少存在著差異。」但他卻沒說差異會如此之大。翻譯模組是地球上很常使用的東西，但不知道是不是因為翻譯出來的腔調過於老派，大家聽到奧莉薇講話時不是哈哈大笑，就是緊鎖眉頭。

抵達地球還不到兩個月，奧莉薇就開始想念村莊了。地球似乎沒有奧莉薇要尋找的真相，但為什麼守門人說這裡有答案呢？

到了晚上，奧莉薇去了人潮擁擠的酒吧。酒吧裡的人們開著在村莊無法想像的玩笑，她擠進人群，打斷正在交談的人們，問他們認不認識「莉莉」。大部分的人都很傲慢無禮地回道：「莉莉？我認識二十位叫莉莉的人，妳問的是哪一個啊？」還有的人乾脆不理睬她。莉莉這個名字在地球上太常見了。城裡的人似乎都把奧莉薇當成了腦筋有問題的女人。

奧莉薇在第三家酒吧遇到了德爾菲。德爾菲是店裡做了很長時間的雞尾酒調酒師，她交給奧莉薇一些簡單的廚房助理工作。德爾菲不光力氣大，而且脾氣也很暴躁。據說，如果有客人鬧事，她會毫不猶豫地掏槍威脅對方，但距離她上次開槍已經是好幾年前的事了。當然，這是因為那次以後再也沒有客人敢在掏槍的德爾菲面前胡鬧。德爾菲操控機器人的技術也很出眾，儘管她不是機器人的主人，但酒吧附近的機器人還是會聽令於她。偶爾隔壁店家的老闆因為不聽話的機器人傷腦筋時，也會跑來找德爾菲幫忙。只要幾分鐘的時間，德爾菲便可以把機器人完好無損地送回去。

但這並不是德爾菲吸引奧莉薇的原因。奧莉薇覺得她與其他人略有不同，在利塔斯，她是唯一一個不覺得自己長相可怕的人。

來到地球以後，很多人的視線都讓奧莉薇感到不自在，那些視線不是充滿了輕蔑，就是帶著同情。奧莉薇想不通到底是為什麼，而德爾菲則是唯一一位和她相同，無法理解更不知道問題出在哪裡的人。

那天，奧莉薇險些被客人搧耳光，德爾菲因此勃然大怒，直接把客人趕了出去，她站在門前破口大罵：「如果下次再敢露面，我就殺了你。」德爾菲關上門走回店裡的時候，表情顯得十分傷感。

「這些人全是蠢蛋，他們沒什麼了不起的。但世界變成這樣也不是人類的錯，所以也不能只罵他們。」

「那世界變成這樣要怪誰呢？」

奧莉薇非常好奇，為什麼地球和村莊如此不同？德爾菲擦著玻璃杯，聳了一下肩膀。

「這個嘛，只怪那群一百年前突然出現並創造出新人類的駭客。喂，奧莉薇，妳到底是從哪裡來的？怎麼會問這種常識中的常識啊？」

奧莉薇無言以對，趕緊閉上了嘴，因為她不知道該如何向地球人解釋「村莊」。德爾菲見她一臉為難的表情，覺得很有意思，於是笑了笑說：

「等會兒下班後，如果妳凌晨有空的話，再到店裡來一下，最好是打烊的時候。」

奧莉薇難以揣測德爾菲的意圖，戰戰兢兢地走進店裡。她看到德爾菲在空無一人的店裡彈著鋼琴。之前店裡經常請演奏家來表演，但不知從何時起，鋼琴便積滿了灰塵。店裡的鋼琴比村莊的鋼琴音色更加鈍拙，想必是一架沒有妥善保養的舊鋼琴。

但德爾菲的演奏卻帶來了不同的音色，她就像天生的鋼琴演奏家一樣，任由十根手指在琴鍵上舞動。

「喜歡嗎？」

奧莉薇心潮澎湃，激動地點了點頭。這與村莊裡的音樂完全不同，所以教人覺得更加美好。

德爾菲稱自己是一個失敗的改造人，父母希望她成為一位出色的音樂家，但這個夢想最終沒有實現。礙於無法支付巨額的遺傳基因手術費，所以德爾菲的父母找了一個價格相對低廉的駭客幫忙。雖然駭客成功地將德爾菲的胚胎改造成擁有豐富藝術才能的胚胎，但卻引發了其他先天性問題和性格缺陷。

為了逃避壓迫、控制自己的父母，德爾菲在十幾歲的時候離家出走，她來到西部做了改造遺傳基因指紋的手術。庸醫手術後帶來的後遺症，導致德爾菲的一隻耳朵幾乎失聰。

「他們說妳蠻橫粗暴，這太不像話了。」

「嗯，老闆一直跟我發牢騷，說我只對妳一個人友善。」

奧莉薇因為這句話而臉紅，德爾菲仍咔吱咔吱地嚼著糖果問道：

「妳究竟在尋找什麼？白天總是在圖書館出沒。我還是第一次在利塔斯見到這麼有求知熱情的人呢。妳連話都講不好，但卻認識字？是那個奇怪的機器幫妳翻譯嗎？」

「我……」

奧莉薇打算實話實說，但仍舉棋不定，她聳了下肩膀說：

「去散步，圖書館可以聞到書香，多好啊。」

德爾菲才不相信這些話，但也沒繼續追問。

如今，奧莉薇不用翻譯模組也能以當地語言交流，但尋找資料時還是需要依靠翻譯模組。關於莉莉的調查毫無進展。有時奧莉薇想放棄一切，尋找返回村莊的方法。但奇怪的是，每當萌生這種想法，德爾菲的名字便會在腦海中揮之不去。

利塔斯是一個恪守分類主義政策的城市，市中心是改造人的區域，市郊則是非改造人的區域。市中心華貴、端莊且美麗，然而市郊卻成了被遺棄者的世界，時常發生糾紛和爭執。

有一天，酒吧已近關門時間，來了一群中年男子。德爾菲告知營業時間已經結束後，幾個男人嘟嘟囔囔往外走去，但其中一個男人沒有離開，他看到奧莉薇，就像發現了什麼奇珍異寶似地向她靠近。

男人笑嘻嘻地將手臂搭在奧莉薇的肩上。

「我認識妳。是妳吧？那個瘋女人。」

德爾菲緊鎖眉頭注視著男人。奧莉薇忐忑不安了起來。

「沒錯，就是妳。我在別的酒吧見過妳幾次。大家都在傳有個奇怪的女人。聽說妳急著找莉莉？她是妳前女友嗎？莉莉不會是瞎了吧？怎麼可能看上妳？瞧瞧妳臉上……這道可怕的東西。」

男人不懷好意地笑著，還做出侮辱性的手勢。比起眼前的男人，奧莉薇更在意的是身後注視自己的德爾菲。雖然在其他酒吧打探莉莉的消息是事實，但她不想讓德爾菲知道這件事，更不想引起不必要的誤會。

同行其他男人嬉皮笑臉地站在一旁看熱鬧。奧莉薇緊閉雙脣不發一語。

不知何時走來的德爾菲將尖銳的武器對準男人，說道：

「立刻，出去！」

男人一邊嘲笑德爾菲，一邊試圖搶下她的武器。但德爾菲的動作更快，男人的手臂被刀刃劃出一道淺淺的傷口並見血。站在一旁的男人們威脅地說：

「妳怎麼可以這樣對客人？我要報警。」

德爾菲沒有屈服。

「這裡是非改造人的地盤，你們覺得警察會來嗎？趕快給我滾出去。」

德爾菲舉著刀子，用下巴指著酒吧的大門。幾個男人氣得啞口無言，氣沖沖地離開酒吧。

門關上後，德爾菲一句話也沒有說。奧莉薇紅著眼睛說：

「妳不要在意他們說的那些話，那個叫莉莉的女人絕對……」

「我，我知道妳要找的那個『莉莉』。」

奧莉薇一時驚慌，她沒有想到德爾菲會講出意料之外的話。

「妳怎麼知道？」

「這個嘛，雖然那些傻頭傻腦的西部人不曉得莉莉，但我可是受過正規教育的。如果是大學畢業的人，不可能不知道莉莉。但我還真沒想到妳在尋找莉莉・道德納。我們通常稱她為蒂恩。」

奧莉薇不知道莉莉的姓是道德納，但直覺告訴她，德爾菲口中的「莉莉」就是自己要找的人。

德爾菲問道：

「妳和莉莉．道德納是什麼關係？」

奧莉薇想起守門人說過的話。守門人再三叮囑奧莉薇，到了地球後千萬不能透露自己與莉莉的關係。

「我只是出於個人好奇在進行調查，我們並不認識。」

德爾菲搖了搖頭。

「奧莉薇，妳這樣講也沒用，因為莉莉的臉上也有一道跟妳一模一樣的傷疤。」

奧莉薇的表情瞬間僵住。

德爾菲注視著奧莉薇的臉，不，她注視的是奧莉薇臉上那道傷疤。在奧莉薇的記憶裡，這是德爾菲第一次提到自己臉上的傷疤。

「起初我只覺得是個偶然，但剛才聽到妳在尋找莉莉，所以就肯定了。難道她是妳的祖先？她應該比高祖母的輩分還要大吧？你們不可能見過面吧？」

「不，我……」

奧莉薇正要回答，但察覺到有什麼不對勁，於是反問道：

「為什麼妳覺得莉莉是很久以前的人呢？」

「我不是傻瓜。」

德爾菲聳了一下肩。

「莉莉・道德納是一百多年前的人，就是她創造了這個惡夢般的世界。」

以下為奧莉薇的語音備忘錄。

莉莉・道德納，二〇三五年生於哥倫比亞波哥大，七歲時隨家人移居波士頓。莉莉的家人都是生物技術界的知名科學家，自小受書香門第環境的影響，莉莉很快便發現了自己的才能和感興趣的事情。莉莉順利地成為了精英科學家，ＭＩＴ畢業後攻讀博士學位，迅速累積了職場經驗。但突然有一天，莉莉丟下所有的工作，消失不見。

當時是生物駭客團體正式展開活動的時期。由於簡單的基因編輯技術和物種基因組的知識廣泛傳播，加上「迷你實驗室」普及化，因此擁有些許知識的人便都可在自家開設實驗室，製造基因改造生物了。雖然很多人都以慘淡失敗告終，但也有些人成功利用直覺和知識解開了連大企業都無法破解的基因拼圖。其中一部分人既受到多家企業的聘用，同時又以自由駭客的身分進行著獨立性的活動。

莉莉．道德納再次現身時，身分已經變成匿名的自由職業生物駭客「蒂恩」。波士頓的某個地方傳出有駭客可以設計人類胚胎的消息，最初沒人相信，因為隨著基因編輯技術的發展，很多人都在嘗試設計人類胚胎，但幾乎沒有人成功過。

不過名為「蒂恩」的匿名駭客卻完美地設計出人類胚胎。很快地，蒂恩便在能夠付得起巨額費用的富裕階層出了名。雖然蒂恩與其他駭客使用相同工具，但她卻不像其他駭客只停留在「藍圖」設計上，她會參與整個過程和更長遠的計畫。蒂恩在獨立的人工子宮裡培養客戶委託的孩子，並利用機器和機器人來養育新生兒。等到期滿六個月時，客戶便會在自家的玄關門口見到抱著孩子的保育機器人和基因證明書。

生物駭客們推測，蒂恩的人類胚胎設計之所以成功，是因為她徹底掌控了個體發生和表觀遺傳的變形。駭客們嘗試模仿蒂恩，甚至企圖侵入她的研究室和人工子宮培育室。但大多數人連蒂恩的行蹤都無法掌握，所以他們只能利用蒂恩的客戶洩露的消息來嘗試摸索蒂恩的方法。

隨著時間的推移，人們知道了蒂恩就是莉莉．道德納。但沒有人知道她為什麼投入這項技術，為什麼放棄從名門大學畢業後成為科學家的路，而是選擇變身為非法的生物駭客，外界流傳的也只有大量的揣測而已。

蒂恩重新現身波士頓五年後，全美流行起了人類胚胎手術。由於沒有人掌握藍本，也就是沒有人擁有蒂恩的技術，所以手術失敗導致出現了可怕的畸形兒。按照禁止人類胚胎設計的相關法律，蒂恩也上了通緝名單，但她不停地搬家，開設新的研究室，所以委託仍源源不斷。有傳聞聲稱，成千上萬的孩子經由莉莉之手來到世界。這種傳聞一點也不誇張。

人類胚胎手術變得很常見以後，還出現了一些私下招募生物駭客來營運胚胎設計的公司。但即便如此，還是有很多駭客選擇獨立運作，其中蒂恩的存在起到了一定作用。蒂恩在網路上公開了自己的研究結果，駭客們互相分享各自獨立研究、像樂高積木般容易進行選配和重組的「基因積木」。這樣設計出來的孩子已經多達一個世代。人們將這些透過設計誕生的美麗、才華橫溢、健康且長壽的孩子統稱為「新人類」。加利福尼亞大地震導致西部出現許多荒廢的城市，所以未能成為新人類的非改造人都被趕到了西部。災難後仍屹立不倒的東部城市則成了改造人的根據地。

然而這一切的起點，被指控為元兇的蒂恩，也就是莉莉・道德納，卻在某一天又突然消失了。

據推測，蒂恩消失的時間是在她展開生物駭客活動約二十年後，也就是在她步入四十五歲以後。由於任何的資料裡都找不到蒂恩最後的行蹤，所以有人懷疑反對人類胚胎設計的組織買兇殺害了蒂恩，再不然就是她遭到了聯邦政府的逮捕。

我最愛的莉莉不是別人，竟然是創造人間地獄的人。我恨不得立刻返回村莊，去質問她。但我知道真相的時候，莉莉已經進入永恆的冬眠了。我真想一把揪住她凍僵的衣領。

在地球上還有一件事需要我查明。

這份資料是關於之後發生的事，也就是為什麼莉莉．道德納會在波士頓突然消失，以及為什麼來到「村莊」。

我一直在尋找莉莉最後留下的資料。整個過程，德爾菲一直陪伴著我。

我走遍莉莉活動過的東部城市，最後在史密森尼自然歷史博物館找到了收藏的資料，那是莉莉在消失前留下的紀錄。紀錄使用的文字不是英文，而是某種無法理解的語言。乍看之下，就跟隨便亂畫的圖一樣。研究人員認為，這不過是一本單純的塗鴉，根本不是莉莉認真思考後留下的紀錄，因此把它作為展品展示出來。但事實上，這是莉莉為了保密起見自行設計的新型字母，並且刻意選擇手寫代替數據檔案。而且這些文字正是村莊裡使用的文字，故我輕而易舉地破解了內容。

這是莉莉在離開地球以前留下的最後紀錄，也是關於混亂與痛苦的紀錄。

從紀錄上看，莉莉長期以來都很憎惡自己的人生。莉莉患有和我一樣的遺傳病，我們的臉上都有因遺傳病而留下的、難以抹去的傷疤。在村莊長大的人們眼中，莉莉臉上這道傷疤只是一個不具備任何特別訊息和價值的特徵而已，但在地球人看來，這道傷疤卻是一個可以隨便蔑視和憎惡她的烙印。在旁人眼中，莉莉就是一個移民者的女兒，一個擁有醜陋外貌、弱不經風的少女。莉莉在人生初期似乎沒有與任何人建立起良好的人際關係。

莉莉覺得自己就跟怪物一樣，她認為父母生下罹患疾病的自己是一個錯誤的決定。她的父母生活貧苦，所以未能按照醫院的建議去做遺傳病基因檢測。雖然不確定是否真的能透過檢測提早發現疾病，但莉莉始終認為所有的問題都出在父母決定生下她的那一瞬間。

紀錄中並沒有發現莉莉設計人類胚胎的契機，但我可以猜到原因，她應該是把賦予孩子美貌、消除疾病，並以卓越的特性構造他們的人生當成了一種自己能做的善舉。就結果來看，莉莉的胚胎研究只是希望排除階級而已，因此在某個時間點前，她都沒有對自己的工作產生任何懷疑，她始終相信自己做的事情是為了創造出一個正確的世界。

莉莉在四十歲時寫道：「我第一次萌生了想要孩子的念頭」。在此之前，莉莉沒有與任何人交往，也沒有結婚，所以沒有人知道她為什麼突然想要孩子。但從莉莉的心理變化可以看出，她似乎厭倦了獨自逃亡的生活。莉莉透過生物駭客的身分賺了一大筆錢，顯然周圍已經不存在以貌取人的事了，她的生活也因此步入穩定期。

對莉莉而言，製造孩子是一件輕而易舉的事。她先製造出自己的克隆胚胎，然後將希望賦予自己的各種特性——美貌、知性和好奇心——全部刻在基因上。她將自己的女兒小心翼翼地放入人工子宮，並嚴格控管整個發生過程中的遺傳噪音。

就這樣，我出生了。

據推測，莉莉是在發生初期發現了我的「缺陷」。在整個過程中，需要不斷確認設計是否按照預期進行，因為過程中時常伴隨一定比例的錯誤，但問題處理起來並不困難。胚胎只是胚胎，報廢後重新製造就可以。人類不是從受精的那一刻起就存在的，而是透過發生過程才得以完成。莉莉並不會因為報廢尚未成為人類的胚胎而產生罪惡感，在她發現我存在相同遺傳病因時，就可以立刻將我報廢。

但莉莉沒有這樣做。

她究竟是怎麼想的呢？

從莉莉發現我存在缺陷以後的紀錄中很難找到解答，與之相關內容也只有一行文字。

莉莉這樣寫道：

「這能證明我的出生是沒有意義的嗎？」

或許莉莉在我身上看到了自己。她出生時不受歡迎，長大後又遭遇排擠，但儘管如此，她還是頑強地活了下來，並且以某種方式證明人生的可能性。這就是莉莉・道德納。

對於莉莉做的決定，我不置可否。莉莉雖然憎惡自己的人生，但卻沒有憎惡自己。可以肯定的是，莉莉當時並沒有把胚胎過程中的我視為人類，她之所以沒有報廢我，並不是因為我是人類，而是因為她看到了可能性。那是決定某種生命生存權利的問題。最終莉莉沒有給我貼上毫無出生意義的標籤，因為這也是她自己的課題。

根據推測，生物駭客蒂恩在此期間終止了活動，徹底消聲匿跡。

之後發生的事情就只能透過非常籠統的紀錄加以推測了。莉莉將正在機器中成長的我冷凍，因為她判斷距離計畫成功仍需要很長一段時間。莉莉銷毀了之前所有設計胚胎的研究。雖然她無法阻止全美境內的新人類誕生，但至少可以銷毀自己的研究成果。在那之後，莉莉開始研究新的基因。

她希望找到一個即使臉上帶著醜陋傷疤出生、存在疾病、哪怕缺少一隻手臂也不會覺得不幸的世界；她希望帶給我，也就是自己的分身，一個那樣的世界；她希望創造的不是美麗、優秀、知性的新人類，而是互不攀比、互不踐踏對方人格的新人類；她希望創造一個由這樣的孩子組成的世界。

地球以外的地方，我們的「村莊」就是她研究成功的證明。

在那裡，從未有人對我臉上的傷疤說三道四，我甚至把這道獨特的傷疤視為驕傲。在那裡，人們從來不在意彼此的不足之處，也因此，有時連缺陷也不再是缺陷了。

在那裡，我們絕不會排擠彼此。

蘇菲，現在妳也應該知道了。

為什麼書中的初始地和我們的村莊如此不同，為什麼我們都生於同一個人工子宮。

這種幸福的根源在哪裡呢？為什麼我們懂得悲傷，但持續的矛盾、痛苦和不幸卻只存在於想像中的概念呢？

我還沒有解釋為什麼離開村莊。我現在就來告訴妳這件事吧。

我很好奇奧莉薇留下這些紀錄以後做了什麼，她是否在找到真相以後返回村莊，度過一生呢？她是否會重新愛上因疼愛自己而創造這個世界的莉莉呢？當我聽完奧莉薇的紀錄以後，守門人對我說：

「奧莉薇留下那份紀錄十年後，重新返回了地球，她在那裡結束了生命。」

這又是一件驚人的事情。自從得知奧莉薇重返地球的消息以後，很長一段時間我的心都難以恢復平靜。我不停地想像她回到村莊的理由，以及重返地球的原因。雖然守門人沒有針對我的推測給出明確的答覆，但他還是說了一句：「這麼講也說得通。」

守門人告訴我，奧莉薇長眠於德爾菲的身邊。他還對我說，如果到了地球，記得在她的墓碑前放上一朵花。關於奧莉薇返回地球以後的紀錄少之又少，是守門人告訴我，她的墓碑在波哥大，而碑文上寫著：

「德爾菲的奧莉薇。一生為對抗分類主義而活。她的愛長眠於此。日後可見成果。」

奧莉薇陪伴德爾菲留在地球，一起對抗分類主義，她是想努力改變母親莉莉留在地球上的痕跡。

也許奧莉薇在重返地球以前，為我們留下了朝聖的傳統。我們長大以後，會對外面的世界充滿好奇，會渴望了解發生在這個和平世界以外的事情，最終踏上朝聖之路。就這樣，奧莉薇希望我們前往一次那樣的世界。

她的用意是，希望我們到地球大開眼界，進而看到自己一直在迴避什麼。當我們在美好的村莊裡生活時，那顆星球上又發生了哪些事情。

現在，只剩下最後一個問題了。

如果地球真的是一個充滿痛苦的地方，在那裡我們只能了解到人生不幸的話，那為什麼離開的朝聖者沒有回來呢？

他們為什麼留在地球上呢？他們為什麼要離開這座美麗的村莊，遠離保護與和平，即使看到那麼可怕、孤獨、淒涼的風景，卻還是選擇那樣的世界呢？

蘇菲，妳有沒有想過為什麼我們「彼此」沒有墜入愛河？我們學習初始地的歷史時，看到過去那麼多人相親相愛，但卻從未好奇為什麼身邊沒有一對戀人。我們在同一個子宮出生，像姊妹一樣長大，但我們彼此之間卻從未有過浪漫的感情和性愛。難道這只是單純的偶然嗎？

地球上一定有很多與我們完全不同、令人震驚的人。現在我可以想像那些朝聖者抵達地球後遇到其他人，然後墜入愛河。但他們很快便會知道，自己深愛的人在對抗的世界，那個充滿痛苦和悲嘆的世界，以及深愛的人受到的壓迫。

奧莉薇知道，愛就是陪伴那個人一同對抗那樣的世界。

妳相信這些故事嗎？

自從我知道真相以後，每天夜裡都在想像著地球，想像著朝聖者們的一生。

他們愛上了誰？他們分布在南美、美國西部和印度，應該以各自的方式過著豐富多彩的生活吧。無論那些人是什麼樣子，朝聖者們都在他們身上發現唯一、值得去愛的地方吧？

朝聖者們會看到他們對抗的世界、我們的原罪、莉莉因為太愛我們而創造的另一個世界，以及最美好的村莊與最悲慘的初始地之間的隔閡。朝聖者們會因此明白，如果不改變那個世界，便無法與相愛之人找到完整的幸福。

留在地球上的理由，僅因一個人便足夠了。

我在寫這封信的當下仍在思考，之前的朝聖者是否稍稍改變了地球呢？那裡是否還像幾百年前奧莉薇抵達時那樣充滿悲嘆和痛苦呢？世界各地肯定遍布朝聖者們的足跡，他們、莉莉和奧莉薇的後代為改變世界做了什麼呢……我必須親眼去看看，否則我是不會死心的。因為太好奇，所以我再也等不下去。

蘇菲，最後還有一件事要告訴妳。最初我對村莊產生疑問的契機，其實是因為那個躲在小屋後面哭泣的男人。當我下定決心在成年儀式前就前往地球之後，我曾偷偷去找過那個男人，我問他在地球發生了什麼事。

他把悲傷的真相告訴了我。他在地球愛過的人和那人淒涼的慘死，以及那個人留下的、希望他能幸福的遺言。

我問他，為了你最後的愛人是不是可以做些什麼？是否願意和我一起前往地球呢？

當他回答願意的時候，我看到了千百種不幸中最美好的笑容。

那時，我就明白。
我們在那裡會很痛苦。
但也會更加幸福。

蘇菲，相信妳現在能理解我提早前往地球的理由了。
總有一天，我們會在地球上相遇。
期盼那一天的黛西。

光譜

我見過外婆年輕時的照片。照片裡的外婆正在登上太空船，她身穿白色的太空衣，戴著彷彿輕輕一碰就會後仰過去的大頭盔。載有微型光子推進器的太空船體積極小，看起來只有民航客機那麼大。當人們得知如此小的太空船能夠穿越時空，將人類送往宇宙的另一端的時候，對宇宙的期待也逐漸高漲。現在回想起來，頭盔裡的外婆似乎笑得很燦爛，根本沒有預想到之後會在宇宙經歷的事情。

外婆是太空實驗室裡備受矚目的研究員。研究所開設該實驗室的目的在於探測宇宙中的生命體，首次開發微型光子推進器的宇宙航空公司給予了全方位的支援。外婆以成員身分加入團隊的時候，研究所已經通過之前的探測發現了數百種宇宙的有機物質和微生物，每個人都處於十分激昂的狀態。但針對大眾真正想知道的問題，研究所卻仍然沒有找到答案。

「真的只有我們嗎？在這浩瀚的宇宙中，真的只有我們嗎？」

外婆以太空實驗室第三十三位生物學家的身分登上太空船。當時，母親還是一個年幼的孩子，外婆勾著母親手指答應她，會在她長大以前返回地球。但之後沒多久，乘載外婆的太空船便消失得無影無蹤了。調查結果顯示，在飛行過程中，光子推進器出現故障引發了問題。雖然宇航公司極力否認，但經過一番無謂的爭辯，最後還是承認了推進器的設計存在著漏洞。太空船消失的時候，外婆年僅三十五歲。

外婆獲救時，正搭乘逃生小艇在太陽系外漂泊。獲救當時，外婆的認知能力低下，連自己的年齡都不知道，且處於嚴重營養不良狀態。外婆整整失蹤了四十年。

四十年間，地球與外星生命有過初次「接觸」，這是人類首次發現宇宙中存在智慧生命體的事件。太空船在恆星系附近接收到異常信號後，嘗試過對話，但始終沒有成功。牠們充分地表明，既不想與地球人進行任何交流，也不想受到任何妨礙。還給出了警告：若太空船在未經許可的情況下，擅自接近牠們的行星，太空船就會消失得無影無蹤。此後，地球沒有再冒險嘗試與牠們接觸，人類的太空船也沒有再捕捉到牠們和牠們的星球了。人類非但沒有掌握到牠們的外貌，就連牠們的聲音也沒有聽過。或許宇宙中真的存在智慧生命體，只是牠們不願與地球人接觸罷了。

首次與外星生命接觸失敗以後，失望的人們立刻把目光轉向了獲救的外婆，因為外婆自稱是第一個發現宇宙智慧生命體的人。外婆說，地球以外的地方居住著與人類不同的智慧生命體，自己與牠們生活了很長一段時間以後，才得以返回地球。如果外婆的話屬實，那麼人類已經發現了兩種宇宙智慧生命體。也就是說，人類歷史上最初的接觸提前了約二十年。

但沒過多久，人們開始不再理睬外婆。某種程度來說，這都怪外婆自己。

「所以，那些外星人到底在哪裡？」

外婆對那顆行星的定位隻字不提，也拿不出任何可以證明外星人存在的證據。外婆解釋說，遇難時身上除了記錄裝置，沒有任何其他設備，所以見到外星人時，無法拍下照片和影片，就連語音錄音機也沒有。人們把外婆當成幻謊症患者，紛紛向她投以同情的目光，只有極少數人相信她的話，但由於外婆一直保持沉默，很快這些人也都搖頭棄她而去。最終，外婆在大家眼裡成了一個在宇宙漂泊四十年，孤獨到半瘋半傻，只會憑空想像的可憐老太婆。

但即使是這樣，外婆也沒有放棄一種說法。

「我是最初遇到牠們的人。」

臨終前，外婆才把這個故事講了出來。

遇難的第十天，熙貞遇到了牠們。

飛行途中，大家偶然發現了一顆極具魅力的行星。從遠程測定資料上看，那顆行星具備與地球極為相似的特徵，於是船長提議暫時脫離原定航線，嘗試軌道探測。因為大家都滿懷期待，所以沒人反對。在改變航線接近行星的過程中，突發了異常狀況。然而，再微不足道的小事也終將演變成災難。熙貞只記得好不容易逃上逃生小艇，之後其他的事，她什麼也想不起。醒來時，熙貞已經置身於陌生的行星。

不知是否是被河水沖到這來的，熙貞醒來時，逃生艙內已經浸滿水液。但周圍卻沒有看到逃生小艇的主體。難道自己被沖到了距離墜毀的地點很遙遠的地方？難道主體沉入大海了？熙貞之所以做出負面的推測，是因為之前聽說過，逃生小艇設有安全系統，當遇到危險狀況時，逃生艙會與主體自動分離。如果真的是安全系統啟動的話，那情況就更加令人絕望了。因為找不到逃生小艇，便無法向地球傳送求助信號。熙貞摸索著身上的衣服，把口袋裡的東西都掏出來，隨身物品裡只有一個附帶小型發電機的記錄裝置和急救箱。

熙貞行走在行星地面，那裡就跟地球的荒地一樣，植物也和地球上生長的普通樹木極為相似。雖然她嘗試用記錄裝置搜尋逃生小艇的信號，但始終沒有任何反應。還有幾次，熙貞遇到了巨型生物，每次看到這些如同爬行動物般的巨型生物時，她都會嚇得落荒而逃。一個星期過去了，飢餓難耐的熙貞摘了幾顆行星上的果實來充飢。雖然果實有一股難聞的味道，但為了填飽肚子，熙貞不停地將果實塞進嘴裡，結果還是都吐了出來。

熙貞走在炙熱的陽光下尋找陰涼的地方。她希望一切不過是一場夢；說不定這裡只是地球上不為人知的荒漠，但每晚懸掛在空中的五顆人造衛星卻像在證明這裡不是地球般閃爍著耀眼的光亮。只有記錄裝置仍提醒著熙貞，她所熟悉的地球時間。

遇到牠們的時候，熙貞還以為自己出現了幻覺。是人、是直立行走的、有手有腳的人類。終於有人來救自己了嗎？不對，這不太可能，這裡是陌生的星球。熙貞砰砰直跳的心臟漸漸恢復平靜，牠們的樣子這才清楚地映入了視線。熙貞躲在巨大的岩石陰影下，觀察著牠們滑行似的移動步伐。牠們不是人類。

熙貞從小便對外太空的事情不陌生。在她七歲時，人類首次超越時空，成功進入宇宙，幾個月後又首次發現了宇宙的微生物。宇宙的微生物除了有機化合物，還由砷和金屬元素構成。也許是受此影響，很長一段時間電影裡出現的外星人都是擁有光滑表皮、類似甲殼外觀的造型，之後想像出來的外星人也逐漸遠離了人類的形態。因為人們相信，越是把外星人描繪得與人類不同，越能接近真相。熙貞腦海中的外星人也是如此，她相信如果有幸在宇宙中遇到智慧生命體的話，牠們肯定長著與人類截然不同、至今為止從未想像過的外貌。

但眼前的外星人居然長得如此平凡。熙貞心想，幻覺裡看到的外星人也太普通了。牠們的身材高過人類，有著近似人類的體型，灰色的皮膚上圍著像是動物皮毛的衣服。雖然談不上抬頭挺胸，但確實是直立行走，而且牠們擁有四肢。五、六個外星人結伴同行，牠們身上掛滿了用途未知的工具。這些外星人走著走著突然停了下來，牠們環顧四周，彼此交流著。那是熙貞無法辨識的聲音。

當震動傳入耳朵時，突如其來的現實感令熙貞僵在原地。眼前的一切不是幻覺，外星人的確就在眼前。遇難以後，熙貞懇切地期盼這不過是一場夢，但此時此刻她不得不面對現實了。

使用工具和象徵性的語言，以及建立社交……這足以證明牠們就是智慧生命體。那可以跟牠們搭話嗎？如果牠們真的是有智慧的生命體，一定可以幫助自己生存下來。在這行星上遇到的其他生物都比牠們更巨大、更危險，就算現在逃走，又能生存多久？這時，另一個想法阻攔了熙貞。如果牠們不友善呢？那豈不是去送死嗎？

最重要的是，要能進行面對面的接觸。按照原則來講，與智慧生命體的接觸必須循序漸進，從遠距離到近距離。只有徹底分析危險因素，確保人身安全以後，才能嘗試進行面對面的接觸。

但原則在此時顯然是毫無意義的，熙貞早已體力殆盡，奄奄一息了，而且她身上也沒有任何工具和裝備。

「幫幫我。」

外星人的視線轉向了熙貞。熙貞並不期待牠們能聽懂什麼，她只是希望牠們能看到自己的無助，明白自己是一個會講話的、救回去有觀察價值的人類。這是錯誤的判斷嗎？

突然其中一個外星人拿出了武器。

「我不會打擾你們的，只要幫我找到回去的方法……」

外星人的動作非常敏捷，熙貞根本不可能逃走。眨眼間來到熙貞面前的外星人揮起刀，熙貞嚇得閉上了雙眼。

熙貞感受到一陣痛楚，但還沒有到無法承受的程度。

她慢慢睜開眼睛，這才發現有人擋住了攻擊，刀停在了半空中，其他幾個外星人正和持刀的外星人溝通什麼。熙貞在無法理解的語言中聽清了一個聲音——「路易」。熙貞抬頭望向救下自己的那個外星人，牠那雙又黑又細長的眼睛也正注視自己。熙貞完全讀不懂牠那陌生的視線。

就這樣，熙貞遇到了第一個路易。

抵達這些外星人居住的巨大洞穴後，熙貞這才發現牠們過著群居的生活。牠們在近似乾枯河流兩岸的峽谷峭壁裡分層打造出數百個洞穴，熙貞跟隨路易走在連接層與層之間的斜坡上，看到每個洞穴裡都住著一、兩個外星人。大家都用充滿戒備的眼神瞪著熙貞，所以她也不敢仔細往洞穴裡面多看。這些外星人的身材很高，光是站在牠們身邊，就可以感受到一種壓迫感。

路易住在位於峭壁最頂端的洞穴裡。

洞穴的陽光充足，可以看到用毛皮製成的席子、堅硬且平坦的岩石，以及用犄角和金屬製造的工具，但最引人注意的還是掛在洞穴深處牆壁上的畫。毫無特定形態的畫，好似人類的抽象畫。豐富的色彩填滿了每一處空間，鬆散、柔軟的線條將這些空間區分開來，陽光映照在這些畫上，渲染出了奇妙的氛圍。路易留下熙貞後，走出洞穴。熙貞很想近距離欣賞那些畫作，但卻無法靠近。或許是路易為了阻止有人接近那些畫，所以利用石頭和金屬工具在洞穴深處堆起了一道籬笆似的障礙物。

沒過多久，路易回來。牠把水遞給熙貞，還將果實放在了毛皮製成的席墊上。除此以外，路易再也沒有做出任何關心熙貞的舉動，牠走到平坦的岩石前開始工作。路易的工作似乎是用刀來削整犄角製作工具。

牠為什麼會救下自己呢？

熙貞瞄了一眼路易的背影，抓起放在席子上的果實。雖然有很多事令熙貞困惑，但眼下還是得先解決口渴和飢餓的問題。說不定還要在這顆星球上堅持很長一段時間，因此有必要了解哪些是可食用的東西。熙貞吞下壓縮急救箱裡的最後一粒免疫膠囊，然後喝了一口路易送來的、裝在皮囊裡的水。有的果實散發著難聞的怪味，但也有沒怪味，甚至還帶有甜味的果實。

這是熙貞在遇難後第一次填飽肚子，接著難以抵抗的疲累包圍了她。熙貞昏睡過去，等她醒來時外面已經一片漆黑。洞穴上方掛著的圓形光源照在岩石上，路易還在工作。熙貞猜不出路易為什麼把自己帶來洞穴。很顯然，路易救下熙貞是有原因的，但此時牠卻對熙貞漠不關心。

熙貞從路易背後走過，來到洞口，路易的視線轉向熙貞，但又隨即回到岩石上。被黑暗籠罩的峽谷，漸漸透出淡藍的天色。五顆衛星環繞在空中，似乎就快天亮了。這裡跟地球一樣能看到日出和日落，而且地表上的生物有群居的習性。

熙貞對這顆行星產生畏懼但同時也產生好奇。

不管熙貞是否願意，她就這樣成為第一個發現智慧生命體的人類。關於宇宙中是否只存在人類的疑問，只有熙貞擁有答案。不是只有人類，在宇宙的某個地方存在著會畫畫、使用象徵語言進行交流、過著群居生活的智慧生命體。熙貞認為自己有義務去了解牠們。

路易把一個很小的犄角飾品戴在了熙貞的手腕上，那些企圖傷害熙貞而靠近的外星人看到這個飾品，便會就此罷手。大家似乎把熙貞當成了屬於路易的物品，不是俘虜。

和路易一起生活，熙貞掌握了幾件關於牠們的事。這些外星人會集體到峽谷外狩獵，並且採集植物，在峽谷不遠處種植小規模的田地。雖然牠們狩獵時使用的都是原始型態的武器，但卻懂得在峽谷的兩端設下用植物根莖編織而成的陷阱。牠們以家庭為單位，一個家庭共同使用一個洞穴。熙貞猜測牠們可能也會進行有性生殖。

熙貞很難區分這些外型相似的外星人，但幸好牠們都喜歡佩戴飾品。路易的脖子上戴著又小又紅的礦物，所以一眼就能認出牠。這些外星人的手臂數量也不相同，路易跟人類一樣長有雙臂，但其他外星人都擁有三隻以上的手臂，這種身體上的差異似乎成了牠們之間彼此展現力量和能力的一種象徵。在這些外星人裡，路易顯得十分瘦小，而且牠看起來明顯比其他人更沉著、溫順。

路易不參加狩獵，只是偶爾參與採集，牠很少與其他人交流。路易差不多每天都把時間花在削製工具和畫畫上，偶爾會有人來拿走路易的畫，然後隔天又再送回來。有時熙貞走到洞穴外面，還會看到掉落在地上的樹葉紙。路易的畫一張張地掛在洞穴的最深處，早前的畫則捆收堆放在地。這些畫似乎對路易具有非常重要的意義。

熙貞把大家狩獵後剩餘的毛皮披在身上，還把記錄裝置藏在衣內跟隨路易和其他人出去採集。她之所以這樣做，是為了尋找逃生小艇的信號。即使小艇墜毀，還是能從殘骸中找到發送信號的模組。這樣一來，說不定就可以向附近的太空船發送求救信號了。

熙貞嘗試過與這群外星人進行高次元的溝通，但最終失敗。據觀察，這群外星人具有高度發達的語言系統，但熙貞聽不懂牠們的對話。牠們的有聲語言似乎超出了人類的可聽頻率範圍。一些外星人對熙貞感到好奇，試圖接近她，但卻沒有嘗試對話。這些外星人都忙碌於各自的工作，路易為了照顧熙貞費了不少心思，但牠能做的似乎也僅止於此了。

首次發現外星智慧生命體的興奮之情逐漸消退。對這些外星人而言，與陌生的生命體相遇不是一件驚奇的事嗎？牠們是否也意識到熙貞來自於其他的行星呢？因為無法溝通，所以沒法解惑。在浩瀚的宇宙中，似乎認知自己孤獨的處境，可望能與他人交流，其本身就需要具備高度的自我認知能力。也許這群外星人還沒有進化到可以思考那種程度的哲學和自我概念，熙貞漸漸對此產生了懷疑。為了尋找文字語言，她偷偷觀察峽谷，但始終沒有發現任何看似文字的痕跡。

熙貞白天跟隨外星人出門，尋找小艇的信號，但每晚都在毫無收穫的情況下入睡。儘管有驚人的發現，但卻搞不清其中的意義，這令熙貞痛苦不已。

熙貞身為學者，探索和分析是她的本業。但身處於沒有任何設備的地方，這讓她感到十分沮喪。如果能順利找到小艇，那她就可以使用稀有語言的分析程式，透過超越可聽頻率的反覆音波進而分析出外星人的語言。這樣就可以知道，牠們是在確認當天狩獵、採集的地點，還是在討論這個突然出現的陌生生命體了。然而當下熙貞所擁有的，就只有自己的身體和感覺了。

幾個星期後，熙貞在荒地上撿到一個零件，一個非常小的金屬零件。這表示逃生小艇的殘骸很有可能就在附近。但荒地一帶刮的都是強風，殘骸也有可能已經被強風吹散了。熙貞心想，不管小艇在哪裡，只要它還在行星的某一處，總有一天會找到的。

「路易，我終於找到了。」

熙貞手握零件，揮舞著手臂走進洞穴。路易凝視著熙貞，發出一種長長的聲音，但熙貞完全無法理解，她開始後悔對路易提起這件事。稍後，路易又把視線移到岩石上的畫。果然無法交流。熙貞原以為路易看到陌生的零件會產生興趣，但牠仍然無動於衷，這讓熙貞感到非常失望。

那天晚上，路易帶回了比平時更多的果實。路易見熙貞露出詫異的表情，於是指了指熙貞藏有零件的口袋。路易的行為彷彿是在為熙貞慶祝。難道路易能明白一點點自己的意思？熙貞高興得恨不得上前擁抱路易。

隨著跟路易相處的時間拉長，熙貞發現其他外星人也有著豐富的非語言表達能力。雖然難以具體地表達，但透過牠們的表情和動作仍可以判斷是肯定或否定的反應。路易對待熙貞也比最初更懂得拿捏了。最初路易握熙貞的手時都會造成瘀青，因為牠不知道熙貞比擁有堅硬皮膚的自己更容易受傷。現在路易不會再用力緊握熙貞的手，其他人也不再像從前那樣敵視熙貞了。有時，在採集途中遇到其他生物時，大家還會保護熙貞。這些外星人親切友善、懂得關懷別人，完全具備了人類所擁有的積極特徵。

正如同牠們和人類有共同點，這裡和地球的生態也存在著許多相同之處。其中令人驚訝的共同點在於，行星上的生命體也能獨立進化。但比起這些，最重要的是熙貞在攝取行星上的果實和獵物後存活了下來。這足以證明行星和地球生物的生化基本要素是一致的。也許這顆行星就是證明微生物，即，宇宙生命種子假設的現場。也就是假設說，地球的古代微生物藉由宇宙塵埃散播到其他的行星，以此成為了該行星的生命根源。假如一切為真，那等於表示這裡的生命體和人類擁有著共同的祖先。

隨著不斷的新發現，熙貞變得越來越激動，她希望可以了解更多的資訊。但眼下必須先找到逃生小艇，如果無法確保自身的安全，那即使掌握到更多關於這裡的資訊也是無濟於事。由於地球無法接收到這些資訊，所以熙貞必須找到返回地球的方法，之後再藉助技術來更深入地理解這顆星球。

在反覆的挫敗和決心下，熙貞持續尋找逃生小艇的信號。她找來大家使用的樹葉紙，畫出洞穴周圍的地圖。隨著每次不同的狩獵和採集地點，地圖的範圍也逐漸擴大，但熙貞仍沒有發現小艇的信號。

幾個月之後，熙貞才在荒地裡找到了第二個零件，但這並不能證明小艇就在附近，零件很有可能是被強風吹來的。這次找到的零件拼湊出一種不祥的暗示，假如逃生小艇被強風吹得七零八落，那麼越晚找到它，獲救的可能性也就越低。熙貞把零件握在手裡，雖然她很想把握一絲絲的可能性，但又覺得自己彷彿在空空如也的沙堆裡摸索。

那天，熙貞帶著第二個零件回到洞穴，迎面感受到一股寒氣。路易趴在岩石上睡著了。那是熙貞第一次看到路易趴著睡覺，路易的上半身壓在尚未完成的畫上，周圍一片狼藉，顏料也流淌到地面。熙貞僵在原地，原來路易不是在睡覺。

路易已經死了。

故事講到這裡，外婆停了下來，把我帶進書房。到此為止，我已經聽外婆講過好多遍。每次她都會在這裡停下。我假裝一無所知跟隨她走進書房。外婆的書房堆滿雜物，書桌上擺滿顏料和研究書籍。屋內充斥著淡淡的塵土味。外婆拉開窗簾，午後的陽光照進書房，灰塵夾雜著書的粒子在陽光下瀰漫開來。展示櫃裡的玻璃在陽光的照射下閃閃發光。

外婆返回地球後，一生都在收集玻璃。外婆書房的玻璃收藏品種類豐富，從用玻璃製造的工藝品、稜鏡、透鏡到鏡子。外婆會利用這些玻璃看書和畫，還會用手電筒照在上面觀察。雖然外婆沒有親口解釋收集玻璃的原因，但我猜可能是因為玻璃可以聚光和散光，是一種能觀察到普通視覺所觀察不到的層面的工具。外婆在行星的那段時間，最迫切需要的大概就是這些工具了。

後來外婆才了解到，相對於地球人，這些外星人的壽命非常之短，活得再長也不過三到五年的時間。

雖然聽外婆講了很多次，但每次聽到關於牠們獨特的屬性時，我還是會感到震驚。那些外星人深信，即使自己死了，也不是徹底的死亡。牠們的靈魂在這種信念裡得到了永生。即使換了一個身體，也會將靈魂不斷延續下去。

「牠們相信靈魂會從上一個個體延續到下一個個體。所以沒過多久，我便遇到了第二個路易。」

幾天後，洞穴裡出現了一個新的外星人，大家都稱牠為「路易」。熙貞注意到第二個路易的脖子上也戴著飾品，而且是和之前的路易一樣的礦物。第二個路易的身高只到熙貞的肩膀，但不到一天時間，牠便快速地長得跟成體一樣高了。

熙貞感到很混亂，眼前的路易真的是之前的路易嗎？

熙貞參加了路易的葬禮。葬禮非常簡短，大家把路易的遺體放在土器中運往對岸，然後對岸的幼年個體會乘木筏渡河而來。熙貞覺得這個葬禮蘊含了宗教的意義，但卻沒想到這是一個傳遞靈魂和自我意識的過程。大家比手畫腳地指著新的和運往對岸的路易表示，牠們是「相同」的。

兩個不同的個體之間真的可以連接相同的意識嗎？熙貞認為這是不可能的，因為那不過是一種原始的信仰罷了。但第二個路易像極了第一個路易。

第二個路易也和第一個路易一樣畫畫、照顧熙貞，拿果實給她吃、保護她不受其他人和生物的威脅。第二個路易也會給熙貞戴上犄角做的飾品，認真聆聽她講的話，即使不理解她在講什麼，但也會做出些許反應。第二個路易依然像熙貞的主人一樣。在整個峽谷中，只有路易對熙貞最友善，給予她無條件的善意。

但一切並不完全一樣。

第二個路易比第一個路易畫畫的時間更長，牠還會用色彩更絢麗的畫來裝飾洞穴，而且對熙貞的一舉一動也都很感興趣。熙貞畫的地圖也激發了路易的好奇心。雖然第二個路易也無法理解熙貞寫的文字和語言，但牠似乎找出了熙貞語言裡存在的某種模式。第二個路易掌握了熙貞更喜歡哪種果實和毛皮，牠甚至比第一個路易更了解熙貞的手勢。外星人的手臂與人類的使用方式不同，因此肢體語言也不同，但熙貞已經能與路易共享「對不起」、「謝謝」、「你好」等手勢的意義。如今，他們可以交流了。

——晚安。

第一次說晚安後，熙貞躺在席子上差點哭了出來。不過是一句簡單的問候，竟可以讓對方變得如此珍貴。這是她從未有過的感受。

隔天，熙貞沒有如往常隨大家出門採集，她找來樹葉紙，綁成筆記本，然後拿著折斷後流淌出黑色液體的植物根莖來到峽谷邊。

從那天起，熙貞開始用畫記錄行星的風景。

用手來記錄總是伴隨著遺憾，植物的獨特內部結構、帶有閃爍礦物質的小動物，以及附在岩石上如同蘑菇般生長的生物，即使觀察得再詳細，並且如實地把看到的都畫出來，但始終與實物存在差異。不管熙貞怎麼利用路易作畫時使用的特殊顏料和用具，都仿生不出原有的顏色。

但熙貞也慢慢習慣用眼睛去觀察，然後用手記錄，她在沒有任何來自地球的設備的情況下，憑藉感覺接納行星的一切。長期以來，熙貞研究的是看不到的、聽不到的、存在於觀念上、屬於感覺外的東西。過去熙貞的世界僅存在於顯微鏡下、定量數據、圖表和數字之中，但這顆行星卻只有包圍她的風景，熙貞也必須接受這樣的事實。

熙貞發現這群外星人不但理解數字的概念，還懂得運用二進位法。牠們觀測白天與夜晚的天空，並對行星以外的世界提出了假設。這些外星人也在探索自己和世界。

有了這些新發現後，無解的問題仍舊存在。熙貞好奇的是，這顆行星上的生命體是由什麼所構成？是什麼在支配牠們的中心法則？牠們是否與地球上的生命體共享同樣的蛋白質和基因？牠們是以怎樣的方式感知世界呢？透過牠們的視神經會看到怎樣的世界？但比起這些，熙貞更想知道路易偶爾對自己咧嘴做出的猙獰表情意味著什麼。牠是在模仿自己的微笑嗎？如果是的話，她也好笑臉相迎。

兩年後，第二個路易也死了。

幾天後，第三個路易出現時，熙貞已經不知道該如何接受牠了。牠們真的擁有相同的靈魂嗎？牠們真的是同一個路易嗎？

第三個路易也像之前的路易一樣畫畫，對熙貞同樣地溫柔、親切。第三個路易比其他外星人的身材矮小，也只長著雙臂，而且牠活的時間比前兩個路易要短。

熙貞猜測這些路易比其他外星人壽命短的原因也許在於自己。如果這些外星人與地球上的生命體共享生化結構的話，那麼熙貞帶來的數以萬計的地球微生物很有可能對牠們造成致命的傷害。這樣的假設令熙貞悲傷不已。

第三個路易的葬禮當天，外星人的天敵集體襲擊了峽谷。熙貞沒有藏身之處，也無路可逃。她躲在沒有路易的洞穴裡害怕得渾身發抖。襲擊一直持續到太陽下山，雖然外星人成功擊退了天敵，但也死傷無數。

葬禮從隔天開始整整進行了兩天。第三個路易的葬禮安排在下午，雖然大家通知了熙貞，但她沒有到河邊去。

熙貞走進堆放著路易那些畫的洞穴深處。這些年來，路易們都對熙貞非常寬容，但卻始終不允許她觸碰那些畫。只要熙貞逗留於畫作旁或是假裝伸手去摸，路易就會做出否定的手勢。熙貞很好奇，為什麼路易那麼重視那些畫？畫畫需要投入一生所有的時間，但與之相比路易的壽命太短了。既然是這樣，那些畫就應該存在能令牠們付出短暫一生的意義。

熙貞拿起捆著的畫。

她查看那些畫，都是些不明所以的抽象畫。塗滿樹葉紙的顏色和不定型的斑紋。一直以來，熙貞只是覺得牠們的藝術發展很獨特而已。

觀察好一陣子後，熙貞從這些畫中發現某種固定模式。有的畫作一角會一直出現同樣配色的斑紋，有的斑紋則會隔一次再連續出現兩次。

熙貞把那些畫並排鋪在地上，在看似沒有重疊的複雜配色中，可以發現反覆出現的固定模式。在此之前，熙貞一直在尋找牠們的文字語言形態，但應該注意的不是形態，而是顏色的差異和模式。

某種想法一閃而過。

假如這些畫就是牠們使用的文字呢？假如牠們接受的意義單位不是形態，而是顏色的差異呢？

假如路易們不是在表達藝術和情感，而是一直在做紀錄呢？

第四個路易走進洞穴，牠的身材矮小，才剛到熙貞的肩膀。第四個路易的臉上沒有任何表情，之前的兩個路易也都如此。初次見面時，牠們會用陌生的眼神觀望熙貞，對她漠不關心。然後某一瞬間，牠們就變回了原來的「路易」。牠們是在哪個時間點發生轉變的呢？

熙貞等待著第四個路易做出以下的行動。

第四個路易冷漠地從熙貞身邊經過，走進洞穴深處，撿起散落一地的畫熟練地整理好。然後來到平坦的岩石前，慢慢地翻看起了那些畫。從岩石上方斜射進來的陽光逐漸擴大照射的面積然後又慢慢縮小。路易一聲不響地看著那些畫，像是要把洞穴裡所有的畫通通翻看一遍。熙貞沒有做任何事，她待在原地留意觀察著路易。

很長一段時間過去了。

第四個路易站了起來。熙貞從牠望著自己的神情以及依然莫名的情緒中察覺出了態度的變化。

熙貞後退幾步，退到了洞口。路易慢慢地靠近熙貞。熙貞又退了幾步，險些跌倒。路易伸手輕輕地抓住了熙貞。

那瞬間，熙貞從眼前的路易身上看到了熟悉的面孔。

如果牠們真的是靠色彩解讀意義的話，那洞穴裡的這些畫就是之前的路易留給下一個路易的紀錄。路易們一直都在記錄，記錄關於自己、大家和熙貞這個陌生的存在。假如路易承擔著記錄歷史的義務，那牠住在陽光最充足的峽谷頂端也就不是一件偶然的事。

熙貞突然笑了出來，心情也變得輕鬆。她覺得新的路易就跟幾天前和自己生活在一起的路易一樣。路易凝視著熙貞和她身後呈現的晚霞。

「路易，對你而言……」

熙貞看到了路易眼中晚霞的紅光。

「那風景是在對你講話吧。」

熙貞始終無法以路易的方式欣賞風景，但她覺得稍稍可以想像出路易眼中的世界了。這也讓熙貞感到十分雀躍。

熙貞嘗試跟第四個路易學習色彩語言，她也很想知道牠們認知顏色的方式。路易是如何將不同光源下看似不同的顏色認知為相同的顏色呢？作為意義單位的是顏色本身，還是相似顏色之間的差異呢？在牠們的這些「畫」裡，形態是不具任何意義還是存有特定意義呢？雖然第四個路易也和之前的路易一樣忙於記錄，但牠允許熙貞碰觸這些畫，所以熙貞也把大部分的時間花在分析色彩語言。特別令熙貞著迷的是，牠們使用的獨特顏料。這種顏料可以根據使用者的技巧，通過簡單的混合呈現出多種驚人的顏色。在色彩語言中，這種顏料無疑是必不可少的。

但歷經各種嘗試後，熙貞還是放棄解讀色彩語言。當路易告訴熙貞區分顏色的方法時，熙貞便意識到這和聽懂牠們的有聲語言一樣，是一件不可能的事。因為牠們的有聲語言超出了人類的可聽頻率範圍，所以熙貞無法區分牠們的發音。理解牠們的色彩語言也存在著相同的問題。

熙貞分不出路易標示「不同」的眾多紅色之間的差異，以及眾多藍色、紫色、綠色和黃色之間的差異。對路易而言，這些顏色存在著不同的意義。如果是在地球的話，熙貞至少可以利用超越人類感知的機器，以間接的方式理解牠們的語言，但就現況而言，這根本就是不可能的事。

熙貞搖了搖頭，把畫放在地上。

「路易，這實在行不通。」

儘管如此，熙貞還是確認了一件事。

牠們以熙貞根本無法理解的方式，透過閱讀上一個路易留下的紀錄掌握情況，吸納感情和想法。因為之前的路易照顧、愛護熙貞，所以新的路易也決定做同樣的事，在這過程中新的路易不需要做任何重大的決定，牠們就這樣理所當然成為了「路易」。

牠們是分節的個體。熙貞親眼目睹到，當路易死後，新的路易填補空位時，兩個自我之間出現的脫節。因此可以肯定的是，靈魂是無法連結的，牠們都是從上一個路易連結而來。

但牠們最終都決定成為相同的路易。沒有任何超自然力量在這件事發揮作用，路易們只是決定了這樣去做，牠們採納了路易作為記錄者的自我意識和一切經驗、感情、價值，以及與熙貞建立的關係。

既然如此，熙貞也可以接受牠們擁有相同的靈魂。

當想到這些時，熙貞看到路易正朝著自己走來，眼前這個擁有灰色、潮濕皮膚的路易依舊讓人感到陌生。熙貞希望給予牠全心全意的愛，可牠壽命太短了。路易是一個以人類感覺無法徹底感受和理解的存在。

但熙貞仍想去理解牠。她明知道這是不可能的事，但還是想去相信路易作為不會分節的個體和牠的連續性。

這時，第四個路易看著熙貞，嘴角歪斜了一下。

熙貞看出了那表情，是微笑，於是也對著牠笑了笑。

外婆的故事總是突然間就結束了。

雖然細節經常發生改變，但故事的結尾總是會提到那令人意想不到的最後一晚。第四個路易死掉後，剛遇到第五個路易沒多久，牠們的天敵再次襲擊峽谷。深夜，路易拿起武器加入防衛戰的隊伍，外婆則被捲進逃亡的隊伍，她跟隨大隊人馬逃離峽谷。就這樣，外婆再也沒有回到從前的峽谷，再也沒有見到路易。外婆跟隨逃亡隊伍來到另一座峽谷，然後，在外婆初抵行星的十年後，戲劇般地接收到逃生小艇的信號。

據稱，逃生小艇上裝有向宇宙發送求救信號的模組，外婆得益於此才有幸獲救重返地球。

外婆沒有具體講最後一刻發生的事，她解釋是因為回想當時的情景太過痛苦，但我始終覺得她在隱瞞什麼。

故事的結尾，外婆說了謊。她沒有在那顆行星上發出過求救信號，而獲救的地點是在如同茫茫大海的宇宙中央。雖然外婆說自己在那顆行星上居住了十年，但實際上，她是在遇難四十年後獲救的。也就是說，即使考慮到時空旅行的時差，外婆也獨自在宇宙漂流了二十多年。在那麼長時間裡，外婆到底做了什麼呢？外婆是想儘可能遠離那顆行星，然後抵達一個無法追蹤定位的地方以後，再發出求救信號？

總之，這都是猜測罷了，因為外婆從未提到過與那段時間有關的事。

「路易真的死了嗎？」

聽到這個問題，外婆也只是微微一笑。

除此之外，人們對外婆講的故事也心存質疑。外婆回想在行星度過的那段時光時，講的那些內容也時常前後矛盾，難以讓人從科學的角度理解。因此很多人懷疑這不過是一個外婆想像出來的故事。更讓人無法理解的是，外婆堅持不肯提供任何關於行星所在位置的線索。雖然政府、企業和研究所派無數人來說服她，但她始終閉口不答。正因為如此，人們才紛紛議論說她是因為難忍數十年的孤獨和寂寞，於是在想像中創造了虛構的世界。

但多年以後，我開始慢慢地相信外婆了。雖然外婆講的故事中有一部分被歪曲，但我覺得在那段記憶的背後一定存有真實。

返回地球後的外婆經常因不知緣由的小病臥床不起，醫生表示說，如果外婆的話是真的，那這很有可能是來自於宇宙的病原體引發的疾病。免疫膠囊不可能達到徹底免疫，外婆在那顆行星上感染未知的病原體還能存活，簡直就是一場奇蹟。這也許是因為那些外星人，特別是路易，對外婆的悉心照料和疼愛。

一想到路易的善良，我就會想像在地球的某一個角落，或許還存在著與世隔絕的小村莊。也許因為外婆是一個無力弱小的異鄉人，所以才遇到了這樣的款待。外婆的身材與那些外星人的幼體差不多，她沒有任何的力量和武器傷害牠們。

但等到我們再次見到牠們時，我們再也不是無力弱小的異鄉人了。我們會帶著工具前往那裡，在親眼確認牠們的存在以前，就已經掌握關於牠們的資訊，我們會分析牠們的語言和文字。

路易和外婆的關係不可能重現。我能夠理解外婆。

最後逃離峽谷的時候，外婆只帶上一捆紙而已。用外婆的話說，那些紙上的色彩就像有人潑了數百種顏料般地美麗多彩。

「這是路易記錄和觀察我的日記，可以說是某種研究筆記吧。就像我觀察和探索牠們一樣，路易也把我當成了研究對象。也許牠們知道我是一個來自遙遠地方、缺少工具而無能為力的學者。」

外婆讀了路易寫的紀錄內容給我聽。返回地球以後，外婆把餘生都埋進了理解色彩語言上。大部分的內容都是普通的觀察紀錄，普通到不禁讓人懷疑路易有必要花費那麼多的時間去記錄嗎？但其中有一句話令我至今難忘。

「牠這樣寫道，」每次外婆讀到這裡的時候，都會露出微笑。

「她是一種既驚奇又美好的生物。」

外婆臨終前，把處理研究紀錄的工作託付給我。我留下紀錄的複印本，然後把原稿和外婆一起火葬。燦爛的色彩匯集成了一把灰。

我把外婆的遺骸送往宇宙，還給了那些星星。

共生假設

柳德米拉・馬爾可夫擁有一個記憶，那是關於她從未去過的地方。

至今仍不清楚的是，柳德米拉是從何時、如何擁有這個記憶。幼年時期，柳德米拉所在的育幼院老師曾在回憶錄中寫道：

「那個孩子從五歲起便宣稱自己來自『那個地方』。當時，我們都沒把她的話當真，因為孩子發揮想像力是很常見的事，也是正常發育過程中的一部分。但柳德米拉對這想像卻顯得異常執著。如果有老師對她想像的世界稍有懷疑，柳德米拉就會呈現非常難過和痛苦的情緒。於是老師們間有了默契，那就是絕不在柳德米拉面前表現出懷疑。這樣一來，問題便煙消雲散。我們都覺得等她長大以後，這種想像就會自然消失了。」

與老師們的預想相反，關於那個地方的記憶在柳德米拉長大以後也沒有消失。

從小柳德米拉就展現了出眾的才能。據育幼院老師所說，自從她學會握色鉛筆以後，便開始畫起那個美麗夢幻的世界。但柳德米拉早期的這些作品只被老師們視為具有美術天分的少女習作，所以在她離開育幼院後就都報廢處理。如今，再也找不到那些畫了。育幼院是一個比起色鉛筆更需要麵包和餅乾的地方。少女時代的柳德米拉沉浸於想像中的時間，遠遠超過了畫畫。

十歲那年，柳德米拉被某跨國公司選入發掘人才事業的名單對象，於是她從育幼院搬到了倫敦的藝術學院。自此之後，柳德米拉再也沒有餓過肚子，也沒有睡在有蟲子出沒的房間裡。

柳德米拉入住藝術學院以後，開始公開發表關於「那個地方」的美術作品。學院為展示學生的美術作品，租借了一間小型畫廊，該畫廊首次展出了關於「那個地方」的風景。畫展第一天，柳德米拉的作品便受到人們的矚目，大家佇立於她的畫前並流下眼淚，紛紛詢問那幅畫究竟是出自何人之手。

「妳怎麼會想像出那樣的世界呢？」

學院的老師連連感嘆道。柳德米拉在作畫技巧方面尚不成熟，仍有許多需要學習的地方，但她筆下的風景卻總能觸動人們的內心。每次柳德米拉把手放在畫布上便開始作畫，她絲毫毋需猶豫，更沒有創作的煩惱。

與那個世界有關的記憶成了支配柳德米拉一生的強烈畫面。那是一個彷彿存在於某個地方，但事實上並不存在的世界。柳德米拉用其一生描繪那地方的風情，她的每一幅畫都描繪不同風景，而這些景色卻拼湊出一個生動、細緻的完整世界。

「柳德米拉，那個地方叫什麼名字？」

記者們不停地追問柳德米拉，但她總是一臉困惑地說：「我腦袋裡有那個地方的名字，但我不知道應該怎麼唸出來。」一起初幾次，柳德米拉用地球上不存在的發音唸出那個地名，但記者們卻顯得非常不耐煩，因為他們無法根據發音寫出那個名字。自那之後，柳德米拉便把那個地方稱之為「行星」了。

沒有名字的行星，無法用語言唸出的地名，這反倒給那神祕的世界更增添一分夢幻的想像。人們把那個地方稱之為「柳德米拉行星」。行星是否存在已經無關緊要，因為人們相信以柳德米拉之名所命名的某個世界是真實存在，那是柳德米拉記憶中曾到過、創造的、從始至終呈現所見的鮮明世界。

柳德米拉早期作品中出現的行星多少有些抽象；在主要以藍色系和紫色系構成的世界中，可以看到有明確形態的生命體和沒有形態的生命體。畫中的大部分地表被海洋覆蓋，發光的原核生物漂浮於海面上，這為行星渲染上一層綺麗的色澤。在海底和空氣中，可以看到由比原核生物更複雜的生命體構成的生態系統。畫中有短晝和長夜，每天的日出和日落都為風景增添奇妙的色彩。

隨著柳德米拉步入成年，行星的形態也變得更加具體。從那時起，她毫不猶豫地給作品填入相關資訊，將行星的所有特性和屬性精確地數值化，描繪行星生命體的她，看起來就像一個置身現場的生物學家。

除了利用畫布和畫紙作畫的初期作品，柳德米拉又以平面虛擬實境跳躍了幾個層級。她大膽挑戰當時快速崛起的視覺藝術，很快便贏得大眾和評論家們的讚譽，人們稱讚她為只存在技術和技巧的視覺藝術注入了真實性。

每次聽到這樣的稱讚，柳德米拉都會有相同的反應。

「那是當然了。因為這顆行星是真實存在的，我只不過是把看到的如實呈現出來。」

人們熱愛柳德米拉的行星。全世界不管到哪都可以看見柳德米拉的行星。得益於人們的熱愛，柳德米拉的行星沒有僅僅停留在想像的世界裡，人們對行星的熱愛沒有侷限於對作品的關注，而是更進一步地製作出以作品為基礎重新詮釋的電影和戲劇。在這古典和同時代的藝術作品都只能以商品來消費的年代，唯有柳德米拉的作品受到了意想不到的關注。行星的影響力遍布全世界。

柳德米拉的作品最大特徵是無國界性。人們覺得她的作品反映了她在莫斯科的幼年期、在倫敦的青少年期，以及從藝術學院畢業後，漂泊在世界各地的人生。柳德米拉的行星不像地球上的任何一個地方，那是一個彷彿徹底脫離世界的地方。

儘管如此，一系列行星的作品仍喚起人們心中某種特定的鄉愁。面對柳德米拉的行星，人們回想起了自己放下的、非常古老且遙遠的某種東西。人們不知道自己在思念什麼，但還是流下了眼淚。評論家們認為，柳德米拉的作品描繪出一個不存在的世界，所以也刺激了存在於大家心中的世界。

除此以外，柳德米拉還有些不為人所熟知的作品，那是她畢生創作的另一個系列。她為從未公開發表過的這一系列作品取名為「不要離開我」。有別於行星系列作，該系列沒有體現柳德米拉對於特有世界的細膩、鮮明的描繪，更為突顯的是強烈的情感概念，且這一系列作極為抽象，感覺像是沉浸在淒涼氛圍中懇切地呼喚著，無以名狀。

柳德米拉拒絕了所有針對該系列作品的採訪邀請。柳德米拉死後，在她的閣樓裡發現了幾十幅相同命題的作品。研究者們一度認為，該系列作是在傳達柳德米拉對愛人的思念之情。但關於柳德米拉的私生活，卻沒有留下任何紀錄。這些揣測和解釋很快便被人們所遺忘。

柳德米拉同意死後任何人都可以自由使用她的創作，於是接連湧現大量利用柳德米拉的行星系列作所創作的虛擬空間和遊戲。人們在虛擬空間裡漫步，懷念著柳德米拉的世界，並把那個地方視為理想國度。那是一個即使無法找到、抵達，但僅憑想像便能獲得些許安慰的美麗世界。雖然柳德米拉離開了這個世界，但人們相信她留下的虛擬世界將永遠留在每一個人的心中。

這一切，一直持續到實際發現了那個世界。

有一天，飛行在宇宙的太空望遠鏡，向地球傳送了一組環繞在多恆星系特殊軌道上小行星的相關數據，這組數據暗示該行星有生命體存在的可能性。由於行星的距離相當遙遠，且還未有派遣太空船的技術，因此要想證實生命體是否真的存在仍需要相當長的時間。但此次發現讓一度乏人問津的天文館變得熱鬧起來。

接下來的幾天裡，觀測站的操作人員們都在討論那顆行星。如果接收無誤的話，那組數據將意味著重大的意義。迄今為止，宇宙探索只是籠統地提出太陽系以外的行星有生命體存在的可能性，但從未像此次般獲得明確的數據。在行星的大氣成分中，能夠觀測到以絕妙比例混合的氨和甲烷。主觀性推測認為，要讓容易被恆星紫外線分解的部分成分融入大氣，那麼地表必須存有碳元素生命體。當望遠鏡將測定出的電磁波光譜轉換成可視光時，行星呈現出奧妙的藍光。人們彷彿發現了宇宙某處的另一個地球，一個更加幻麗的地球。

這時，一個安靜吃著餐盒的人突然問道：

「這份數據，像不像柳德米拉的行星？」

「喂，怎麼可能。」

「你們仔細回想一下，不是有柳德米拉行星的虛擬模型嗎？而且她留下了行星的具體測量值，科學家們也驗證過這顆行星實際存在的可能性。從這份數據來看，這些數值和柳德米拉的行星異常相似，簡直難以相信會是偶然……」

聽到這番話，吃著晚餐的操作員們都放下了餐叉。

當晚所有人都失眠了。確實如此，所有觀測數據都證明了那個世界是實際存在的。那顆行星與柳德米拉描繪的世界如出一轍，她留下的行星虛擬模型與數據顯示的體積、質量、公轉週期、直徑和平均溫度等特性也都完全一致。

那顆行星就是柳德米拉的行星嗎？

如果真是如此，那柳德米拉又是如何得知那顆行星呢？人們又發現了更加離奇的事。很久以前，由於母恆星發生大爆炸，連帶燒毀了那顆行星，而太空望遠鏡接收到的數據恰好是在行星被捲入大爆炸之前捕捉到的。

首次確認到行星數據的操作員站在鏡頭前，閃光燈應接不暇地閃爍，記者們紛紛提問，操作員說：

「我們看到的是已經消失的行星，它曾實際存在，但現在卻成了消失的柳德米拉的世界。」

怎麼會這樣呢？

難道柳德米拉擁有看到未來，或遙遠過去的超能力嗎？世上真的存在這種超能力嗎？所有的一切只是偶然的巧合嗎？藝術家生動描繪出的行星的所有特性與宇宙某處存在過的行星完全一致，真有這種可能性嗎？

大家都渴望找出答案，但能夠提供線索的人早已離開這個世界。

就在這一令人匪夷所思的消息通過電波傳遍世界各地時，位於首爾市廣津區某湖畔附近的「大腦解析研究所」仍燈火通明地忙碌著。

雖然已經凌晨兩點，但工作人員依舊忙得不可開交，大家看來都略顯憔悴。研究所的走廊裡流洩出專案逼近尾聲時特有的緊張氣氛，休息室的電視裡傳出與柳德米拉行星相關的新聞，但休息的人們卻對此毫不關心。

責任研究員尹秀彬深嘆一口氣，她已經盯著手上的那張紙看了一個小時，都快把紙看穿了。馬上就要召開階段報告會議，可是機器卻一直給出不著邊際的結果。這樣一來，肯定將招致與會人員的怒目橫眉。剛出生兩個月的孩子怎麼可能冒出「活著既孤獨又可怕，我好思念同伴們」的想法呢？

「一個月前機器還是正常的。」

正在查看另一份數據的韓娜漫不經心地說。

「一個月前測的是貓，現在是人類的孩子。」

「不管是貓，還是孩子，肚子餓的話都會哭。睏了也哭，害怕也哭，還不都一樣。」

這句話把韓娜逗笑了。

「妳怎麼這麼確信，搞不好最後發現貓比孩子更富哲學思維呢。」

雖然不清楚貓是否更具哲學思維，但不管怎樣秀彬現在都必須馬上分析出孩子的哭聲。

腦機介面研究組正在研究思維與表達之間的轉換技術，該技術通過解讀利用單分子追蹤圖像刺激的神經細胞模式，能將測試對象的想法轉換成語言。或是相反地，透過逆向追蹤表達的語言，推測出測試對象的想法。

嘗試解析大腦已有悠久的歷史。人類總是希望能夠讀懂他人的想法。每當出現研究大腦的新方法時，人們都會期待發明出讀心術。得益於此，自二十一世紀設立了大腦解析研究所以來，研究所從未出現研究經費中斷的情況。在圖像技術登場以前，解讀技術一直都處在原始階段。譬如，透過大腦的磁共振成像只能猜測出測試對象看到的是風景照片，還是食物照片。

隨著兩年前新的單分子追蹤技術的出現，相應帶來了範式轉換。也就是說，能夠以神經細胞為單位對大腦活動進行分析。研究組利用這一新技術對大腦製造出的記憶信號和模式進行分析，這是尚未轉換為某種特定語言的、被稱之為思維語言的單純意識形態。接下來，研究組進入到下一個階段，反向地透過分析思維語言來推測表達內容。雖然目前仍需要大型的掃瞄器，且短短幾分鐘的想法和聲音就需要耗費幾天的時間進行分析，但因這項研究存在發展形態技術的無限潛力，所以受到極大的矚目。

早期主要針對狗和貓的表達進行實驗，轉換非常成功，以高達百分之九十五以上的準確率分析出動物的欲求。透過分析狗的叫聲，幫助牠們清潔牙骨或撫摸牠們的背部，便可以滿足牠們的欲求。以哺乳類為測試對象的技術開始推進商業化後，很多富裕的客戶紛紛提出要求，希望能與臨死的寵物進行一次對話。當然，與他們的想法相反，技術尚未發展到能夠與動物展開「對話」，但如果研究按照計畫繼續進行，也可期待該技術能夠成為連接所有物種的通用翻譯器。

研究組很快將分析對象換成了人類，並啟動了新的研究項目。如果這種轉換器也能適用於人類的話，不僅能為無法正常講話的人提供幫助，甚至還能為使用稀少語種的學者們解決語言障礙的問題。即使表達方式不同，但都是人類，所以可以假設大腦的活動都是相似的。

直到收集成年人的數據之前，前景尚且樂觀。因為人類的語言和思維方式極為複雜，所以研究人員早已預想到研究人類要比研究動物的難度更高。雖然當下的技術水準仍只停留在推測出想法以後，再轉換成文字的程度，但表達意思的準確度卻達到了百分之八十以上。因此研究人員滿懷信心地認為，未來挑戰的課題只會是如何讓該轉換器具備複雜的語言運用能力，而其他的難題都不會成為阻擋研究的障礙。

研究人員以收集到的數據製作出模式範本後，不僅針對成年人，也對嬰兒進行了研究。在分析嬰兒的數據前，研究組的所有成員都對此充滿期待。如果能夠分析出嬰兒的啼哭表達的意思，那將會對輔助父母育兒和開發保育機器人帶來跨時代的發展。可以肯定的是，只要能準確分析出嬰兒啼哭時表達的欲求，那麼該轉換器無疑將成為全世界的父母們不可或缺的育兒工具。

但是，研究很快就遇到難關。

負責一期數據分析的韓娜手持數據晶片走進研究室的時候，所有人都投以難掩興奮之情的目光。但韓娜嘆了一口氣說：

「結果太奇怪了，這不可能是孩子會思考的事。」

看到大螢幕上的分析數據，所有人都目瞪口呆了。

結果顯示，嬰兒的啼哭分別表達以下的內容：

「怎麼做才能更賦予倫理性呢？」

「大家在那裡過得好嗎？」

「不，我們應該在這裡生活下去。」

大家一臉錯愕地看著分析報告，真是一場糊塗的結果。秀彬說：

「是不是數據被汙染了？」

考慮到成像系統的原理，理所當然會先懷疑範本有沒有被汙染。由於轉換技術仍停留在基礎水準，所以很容易受到噪音的影響。不管怎樣嚴格管控，都會夾雜進外部的雜音。正因為這樣，分析所需的大部分時間都用在了消除雜音上。連成年人的數據也會遇到這種問題，更何況是語言和思維尚不成熟的嬰兒。

嬰兒自出生十四個月後開始掌握日常語言，並且能對簡單的動作做出反應。直到嬰兒成長到幼兒，再從幼兒成長到青少年期間，他們的語言表達能力和思維能力會同步進行發育成長。一般情況下，嬰兒的思考內容不可能超越所處的發育階段，因為思考絕對是受語言理解的影響。

「應該是噪音吧。如果不是噪音，嬰兒的啼哭充其量也只能轉換成『餓了』、『難受』而已。再說，比起完整的句子，他們表達某種感情或不舒服才正常啊。」

秀彬說道。韓娜點了點頭。

「說的也是。不過只說數據汙染的話，還是存在疑點。大家看這裡，這些嬰兒和長大以後學會講話的孩子的說話和思維方式也完全不符。數據顯示，雖然他嘴上說『媽媽，我要那個。』但實際上，腦子裡想的卻是『我想獲得與世界連結的感覺』。這也太荒謬了吧。」

「會不會是因為成年人的大腦活性化模式和嬰兒極為不同，所以才會出現這樣的結果呢？」

「也有這種可能。」

韓娜的表情顯得很鬱悶。

「那我們只能從頭再來了。」

會議室裡充斥著不祥的預感。但假如問題的原因如此明確，倒不是沒有解決的辦法。

秀彬和韓娜把此前收集的全部數據按照年齡段進行分類，然後把語言發育緩慢的孩子的數據另外做了統計。由於可使用的數據大幅度減少，研究遇到了困難。秀彬和韓娜不得不整天打電話給合作機關，希望他們能多提供一些錄音資料。但即便是這樣，也好過面對難以置信的分析結果，相信那些不著邊際的話。

大家對數據分類寄予一線希望，但結果依然令人絕望。嬰兒的大腦模式比最初預想的更為複雜，不禁讓人覺得分析成年人的大腦模式反倒成為一件容易之事。負責分析成年人大腦模式的研究小組正有條不紊地進行實驗，他們已收集大量語言表達能力正常的成年人的數據，然後應用在發聲器官存在問題或是由於某種原因無法進行語言表達的測試者身上，以此誘導他們進行表達。與之相反，秀彬所屬的研究小組至今仍苦惱於嬰兒們哲學性的對話內容，不管他們如何重新收集和分析數據，持續得出的結果依舊相同。

「這些孩子……」

「這些複雜、深奧、富有哲思的孩子。」

秀彬和韓娜抱頭癱坐在沙發上。難道我們把這件事想得太簡單了？秀彬感到十分苦惱。有別於貓和狗，人類的大腦進化得過於複雜、豐富多彩，所以絕不可能輕易解開謎團。

有一段時間，秀彬和韓娜討論過是否該中斷此研究項目，或是乾脆採用其他方法進行嘗試。因為就算全組人員一起埋頭尋找問題的突破點，卻始終沒有找到答案。

大家開會達成協議，一致決定更換研究項目，但就在研究將不了了之時，事情又朝意想不到的方向發展。

「秀彬姊，妳看看這個！」

那天，韓娜的表情異常古怪，她就像下了某種決心似地輕咬著嘴脣。秀彬接過她列印出來的資料。

秀彬翻了幾頁後闔上資料，她覺得是自己看錯了，眼裡充滿懷疑。

當下的心情好似讀了一本不可思議的小說。

「這是什麼？這是什麼意思？」

「如妳所見。這是那些嬰兒的呢喃聲的數據分析。妳還記得那天嗎？發現柳德米拉行星的那天。當天分析出來的結果都是這樣的。」

秀彬當然記得。那天正是她們首次討論是否該放棄這個項目的日子。那天之後，在秀彬因放棄項目而沮喪萬分的時候，韓娜開始著手分析未經處理的數據，並得出難以置信的結果，就是眼前這份列印出來的資料。

「這到底是……」

秀彬目瞪口呆地看著上面的文字：

「這裡是我們開始的地方。」

「好想念我們的行星。」

「柳德米拉。」

「柳德米拉。」

「柳德米拉。」

「柳德米拉把那裡如實畫了出來。」

「好懷念啊。」

就在秀彬訝異地張大嘴巴時，韓娜一再強調自己已反覆確認了十幾次。

「我也完全無法相信，所以才這麼晚拿來給妳看。就在那天，這些嬰兒都在想著同樣一件事。」

韓娜把自己私下整理的數據結果遞給秀彬。那都是研究小組認為毫無意義的數據，因此沒有進行更進一步的分析。韓娜以這些分析結果不是噪音為前提，從中反覆抽取含義，並且延用研究小組決定報廢的範本和數據分析圖表。

數據顯示，嬰兒的大腦在互相交談。那些對話就像同一個大腦中存在著多個獨立的個體，彼此交換著意見。

「你沒事吧？我剛才聽到了奇怪的聲音。」

「是他亂動，把椅子碰倒了。」

「你剛才只顧看那幅畫面了吧？」

「你對大海產生興趣了？」

「以後要是能去海邊就好了。」

「正如妳看到的，這數據來自同一個嬰兒，而且是在同一個時間段。」

韓娜又翻了一頁。

「嬰兒的大腦中似乎存在著多重人格。妳不要用這種懷疑的表情看著我，接著往下看吧。就是怕妳不相信，所以我把同時出現的意義都進行了整理，往下看吧。」

那些對話就像出自扶養和照顧他們的人之口似的，彼此還談起了與道德和人類一生有關的話題。

秀彬難以相信這是真的，然而分析結果正朝著令人困惑且難以接受的結論發展著。

「嬰兒的大腦裡有什麼東西。」

韓娜說。

「不是人類，而是別的什麼。如果沒有外部因素介入的話，根本無法解釋。」

「應該是噪音。」

「就算是噪音，但也說不通啊！噪音能進行一貫性的對話嗎？能討論關於道德和利他主義的問題嗎？難道妳不覺得這樣更奇怪嗎？」

「但是，這怎麼可能……那些數據來自成千上萬名嬰兒，他們都是不同的孩子。妳的意思是，所有嬰兒的大腦裡都有什麼東西在照顧他們？」

「如果不是這樣，那要怎麼解釋呢？」

韓娜偶爾會發表過於激進、大膽的主張，搞得在座的組員瞠目結舌。但此時此刻，令人感到荒唐的程度遠遠超過了以往。

「所以，妳的意思是……」

秀彬一時啞口無言，稍作鎮定後才繼續問道：

「妳的意思是，嬰兒的大腦中存在著與我們不同的智慧生命體？」

「這樣解釋的話，一切都說得通了。」

秀彬決定暫時不把韓娜的假設告訴其他的組員。嬰兒的大腦裡存在某種智慧生命體，這種假設太荒謬了。

但當秀彬認真思考韓娜的觀點以後，之前忽略的內容又重新進入她的視野。數據顯示，從嬰兒到剛學會講話的孩子都存在一貫的傾向性，這些孩子表面的哭聲和呢喃聲與大腦的意義模式完全不同。大腦的意義模式展現出與測試對象年齡不符的高次元思維能力，用韓娜的話說，彷彿一個人的腦中，存在著多重人格在進行對話。

秀彬和韓娜決定將多種人格稱之為「牠們」。

「牠們」討論感情、內心、愛和利他主義，更像是在向孩子們傳授著什麼。

除了嬰兒以外，秀彬和韓娜還收集大量剛開始學說話的孩子的數據，然後按照年齡段做出排列。她們猜測，或許表面上聽到的「媽媽」、「爸爸」和「我要那個」等等的聲音背後，都隱藏著牠們的對話。果不其然，孩子們的意識表達與牠們的對話混淆在一塊。但這種現象只出現在七歲以下的孩子身上。三歲以後，牠們的對話開始急遽減少。雖然每個孩子存在著差異，但基本到了七歲左右，對話模式就會徹底消失。直到孩子學會自我表達以前，這類奇怪的對話會一直存在，然後在某一個時間點，「牠們」才會徹底消失。

秀彬整夜沒睡，思考著關於「牠們」的種種可能性。知道這一假設的人只有秀彬和韓娜，她們透過處理未分析的數據，找到新的線索。其他小組的人看到她們日漸憔悴而表達擔憂，還有人安慰她們說：「就算失敗也沒關係，所謂科學研究本來就是要從反覆的錯誤中探索更好的方向，所以不用太沮喪。」

秀彬一直認為這可能是解釋的錯誤，但分析的數據越多，越導向只有一個結論。分析是準確的，「牠們」確實存在於孩子腦中。

但「牠們」究竟是從哪裡來的呢？又是如何存在於每個孩子的腦中？為什麼在時機成熟以後會消失不見呢？有什麼決定性的證據可以證明「牠們」的存在嗎？

「箱子裡的孩子！」

幾天後，躺在沙發上的秀彬突然說道。

「嗯？」

被睏意包圍的韓娜抬起頭來。

「妳還記得嗎？幾年前，我們為了確認嬰兒是否一定要與保育者接觸而進行的那個實驗。」

韓娜這才恍然大悟，瞪大了雙眼。

「對喔，那個，利用保育機器人的育兒實驗……」

「說不定我們可以利用一下那個實驗的資料。」

「怎麼利用？」

設計這個名為「箱子裡的孩子」的實驗，目的在於確認機器人是否可以養育孩子。這個實驗會將剛出生的嬰兒徹底與外界隔離，僅利用保育機器人來照顧孩子，養育的環境會妥善得到管控。換句話說，等於是用更長的時間在巨大的保育箱裡養育孩子。雖然研究小組表示，實驗會進行嚴格的管控，不會對嬰兒造成危險，並且獲得當局的許可，但在實驗倫理方面還是引起極大的爭議。實驗結果公開後，立刻演變成國際問題，研究小組受到來自四面八方的責難。

「實驗結果簡直一塌糊塗。」

韓娜點了點頭。

「我記得保育機器人照顧孩子期間，所有的行動只是為了滿足欲求，完全沒有讓人性和向善的傾向得到發展。幸好離開箱子後，孩子便恢復過來。」

「沒錯。那種實驗是不可行。但每次聽人提起那個實驗，我總覺得哪裡不對勁。」

秀彬把視線轉向了虛空。

「那些機器人完美扮演了保育員的角色，但只因為機器人不是人類，所以孩子的傾向就會出現不同？我對那實驗的結果，總是感到懷疑。人類才是會受到情緒和環境影響的不穩定因素，但假如那個結果存在其他原因的話……」

假如孩子腦中的「牠們」不是人類天生就有的，而是從外部介入的呢？就像寄生蟲或微生物可以從這個人傳給另一個人一樣。「牠們」也很有可能分布在空氣中，或是像病毒一樣遍布所有地方。但不管是哪一種可能性，都一定要有最初的接觸。

如果那些孩子在離開箱子以前，沒有機會接觸「牠們」的話？

韓娜突然站了起來。

「肯定還有影片，我們分析一下那些孩子的哭聲吧。」

在網路上找到影片不是一件難事，她們看到影片下面多是批判實驗殘忍的留言：

「竟然把孩子託付給機器人，太可怕了！」、「孩子需要人類溫暖的照顧。這些可憐的孩子會變得冷酷無情，簡直就是理所當然的事！」

但重點是，這可能與保育員是不是人類無關，說不定是「牠們」把孩子養育成了冷酷無情的人，也許最重要的特性並不是來自於人類。秀彬正嘗試著找出能證明這種假設的證據。

秀彬提取出影像中的哭聲輸入轉換器，聽起來這些聲音與其他普通孩子毫無差別。假如「牠們」沒有介入其中對孩子造成影響的話，那這些數據就會帶來不同的結果。如果是這樣，就只能確認出孩子單純的欲求了。秀彬和韓娜緊張地等待著結果。

很快，意義分析程式開始啟動。一期結果是近似於抽象的意義單位，現在還無法做任何的解釋。

韓娜把顫抖的手放在機器上，按下按鈕，意義單位立刻轉換成了文字。畫面上出現了結果。

那是影像中孩子哭聲帶有的意義。

「好餓。」

「好睏。」

「好害怕。」

秀彬和韓娜興奮地看著彼此。應該為這種結果高興呢？還是應該感到驚訝呢？

箱子裡的孩子表達的不是想法，而是單純的欲求，正如大家對剛出生的嬰兒期待的那樣。這些出生以後便與外界隔絕的孩子，即，沒有接納「牠們」進入大腦的孩子，呈現出了大家最初期待的結果。這是在學說話以前，在思考世界與人生以前，僅為了滿足生存欲求的思維模式。

正如秀彬知道的那樣，箱子裡的孩子沒有像人們期盼的那樣去成長。箱子裡的孩子沒有獲得利他性。

我們來做一個非常奇怪的假設好了。

從幾萬年前開始，某種不同性質的存在便與人類共生至今。

就像存在於真核細胞中的粒線體，粒線體內的ＤＮＡ與一般位於細胞核內的ＤＮＡ存在不同的演化起源，但卻共生了幾十億年。兩種不同的物種為了彼此的利益而共生，這種情況是極為常見的。人類也與體內數不盡的微生物共生，但人類並沒有把它們視為來自外界不同性質的存在，因為它們已經成了人類的一部分。

但假如這種共生的對象不是地球上的生物又會怎樣呢？如果這種生物不是來自地球，而是來自幾萬年前，或許更為久遠的行星呢？如果這種生物進入我們的大腦，支配我們的幼年時期，對我們進行倫理道德的教育呢？如果說區分人類與動物的明確特質來自於人類以外的某種存在呢？

「那我們一直相信的人性，不就等於是來自於外太空。」

研究小組的組長聽完秀彬的假設後說道。

組員們的反應各不相同，有的人面對分析結果目瞪口呆，有的人果斷表示，雖然這種假設很有趣，但太不現實了。

「太激進了，不會有人接受這種說法的。」

「我也覺得難以置信。」

韓娜說。

「但總不能否認這些數據吧？」

秀彬很想立刻觀察一下嬰兒們的大腦內部。假如「牠們」存在的話，那應該可以觀察到吧？我們是否能找出物理性的真相呢？牠們是由什麼粒子組成的呢？但眼下很難進行驗證，因為要觀察的是活人的大腦，而且在對其物性一無所知的情況下，即使能夠進行觀察也很難有所發現。如果能觀察到的話，那在研究所猜測出牠們的存在以前，醫學界早就應該收到生物寄生於幼兒大腦的報告了。

「觀察不到物理上的真相，也許是理所當然的事。如果牠們具有能夠觀察的外觀，那在漫長的解剖史中早就應該被發現了。」

秀彬對組長的說法表示同意。但如果有大腦樣本的話，她還是想嘗試一下。正因為知道這是不可能的事，所以她只好點了點頭。

除此之外，還有很多需要思考的問題。雖然建立共生關係的生物之間存在互利，但也存在單方獲利，或是單方受到傷害的情況。人類與牠們的關係又是怎樣的呢？寄生在人類的大腦裡，牠們會獲得什麼好處呢？牠們也和人類一樣都是碳基生命體嗎？如果牠們真的教育孩子倫理道德和利他主義的話，那作為代價，牠們又會從人類身上獲取什麼呢？牠們為什麼不寄生在其他生物上，而是選擇了人類的大腦呢？

「我覺得這跟柳德米拉的行星有關。」

韓娜說。

「牠們把柳德米拉的行星稱之為故鄉，但那顆行星早在很久以前就燒毀了。會不會是牠們離開故鄉，在尋找其他居住地的時候，來到了地球呢？」

柳德米拉的行星提供了牠們從何而來的決定性線索。確切地說，那是曾經存在於宇宙某處，但如今早已不復存在、僅憑柳德米拉畫家生動描繪出的行星。

假如牠們是能夠教育人類的智慧生命體，那說不定牠們早已提前預測到行星的結局。牠們離開母行星，漂流在宇宙中，機緣巧合下來到了地球，就此展開與人類的共生。

秀彬說：

「從對話可以看出，牠們是高級的智慧生命體。令人懷疑的是，人類的語言似乎把牠們的對話轉換得過於單純了。也就是說，牠們表達的內容更為複雜，很有可能已超越人類，不過牠們還是選擇了人類大腦。由此可見，牠們應該是一種寄生物。這就是為什麼牠們需要我們的大腦，而不是其他生物的原因吧。假如牠們真的在數萬年前來到地球……那人類智慧的進化和文明的誕生很有可能是因為與牠們共生。也許一開始牠們沒有教育人類的想法，但在共生的過程中，自然而然地把智慧轉移給人類。」

在座的組員陷入了短暫的沉默。如果人類與牠們的共生持續這麼久的時間，那說不定其他地方也會找到證據。秀彬認為，共生假設的證據說不定早已遍布了整個人類社會。

「我們能不能嘗試直接與牠們對話呢？」

有人提議道。秀彬也想到了這個方法，其他組員也持相同意見。但這件事不能輕舉妄動，雖然研究小組正以嬰兒為對象進行研究，但分析數據和直接與牠們展開對話是完全不同的事。特別是在無法預測對話會帶來何種結果時，這種嘗試不會刺激到牠們嗎？對於一直隱藏身分的牠們而言，人類嘗試直接對話，會不會惹怒牠們？如果貿然行動，是否對孩子造成危險？

大家似乎都在擔憂相同的事，這時有人問道：

「話說回來，現在我們的大腦裡應該沒有牠們了吧？」

比起冒險嘗試對話，秀彬想到了另一個方法。如果牠們的故鄉真的是柳德米拉的行星的話，那給孩子們看柳德米拉的美術作品或虛擬模型，他們一定會出現特定的反應。當初孩子們看到行星時的思維模式成了線索，因此也不存在特別的危險性，只要透過大量收集這些數據，便可以掌握更多關於牠們的訊息了。

「正如所預料的那樣。真的……真的能看出非常活躍的大腦模式。而且比平時更加活躍，以至於無法準確進行分析。」

如韓娜所言，看到柳德米拉的行星的孩子們突然變得異常安靜，視線一直盯著移動的風景。從大腦模式上觀察，真正感到興奮的是孩子腦中的「牠們」。牠們在腦中激動地交談，語速比平時更快，內容也變得更加複雜和多樣化。由於混雜了太多的訊息，所以很難進行分析。但毫無疑問，牠們與柳德米拉的行星有著密切的關聯。

研究小組討論是否該向大眾公布這一研究結果。

「就算我們隱瞞，但總有一天，人們也會發現牠們。誰都想獲得萬能翻譯器的技術，以孩子為對象進行研究的團隊也不可能只有我們。」

韓娜說道：

「即使大眾對外星生命體的存在反感，但也不會有任何變化的，誰又能把牠們從孩子的大腦中趕出去呢？」

「從分析結果來看，我們應該懇請牠們留下來一起生活才對。因為如果牠們離開的話，搞不好我們會丟失一直以來自認為是人性的那些特點。」

「我倒是想看看人類的自尊心有多強。」

「我至今仍覺得難以置信，因為感受不到牠們和我們有任何連結。如果這種智慧生命體真的存在於我們的腦中，那對長大以後的我們來說，是不是應該留下些什麼呢？」

有人提出了一個重要的問題。如果牠們寄生在人類的大腦中，並帶來影響的話，那成年人的大腦裡應該會留下牠們存在過的痕跡。但在成年人的大腦中卻完全沒有發現與牠們對話相似的模式。在旁邊側耳聆聽的組長小心翼翼地提出了一個假設：

「這只是假設，也許牠們覺得寄生在過了幼年期的人體是一種負擔。因為好幾處的對話都是『雖然不想離開，但現在必須離開』。」

正在看分析結果的秀彬在圖表中找到了什麼。

「這個時間點始終讓我放心不下。如果牠們真的離開了人類，那七歲的時候，應該發生什麼特別的事才對，但數據是一貫性的，七歲以下的孩子才能非常模糊地顯示出牠們，之後就徹底消失了。」

從七歲前後的分析結果中可以發現，牠們的對話徹底消失了，成長中的孩子與成年人的思維和表達也完全一致了。「牠們」似乎只存在於人類幼年時期的大腦中，然後告別七歲的孩子，就此消失。

「這會不會與喪失幼年時的記憶有關呢？大部分的孩子在七歲以後，都忘記了幼年的記憶。」

韓娜說：

「一直以來的定論是，長期的記憶與海馬迴有關，而孩子之所以喪失幼年時期的記憶，是因為海馬迴尚未發育健全。隨著新的神經組織快速發育，幼年的記憶也會逐漸消失。」

小時候的記憶，特別是關於自己的記憶會以七歲為分界點，七歲前的記憶會消失。因此沒有人記得自己剛出生或三歲左右時發生的事情，即使記得，也是透過以往的照片或聽別人提起過去的事而回憶起當時的場景罷了。

「不久前，我看到一篇印象深刻的論文，是刊登在神經科學雜誌上的小論文。論文指出，他們的研究結果推翻了神經發育的假設。利用新的成像技術對喪失了幼年記憶的孩子進行研究時，神經發育階段的記憶的喪失程度完全不一致。統計上看，這與神經發育絲毫沒有關聯。」

韓娜提到論文的時候，一名組員找出該論文投放在螢幕上。

「作者們茫然地認為喪失幼年的記憶存在著外部因素，內容沒有條理，而且非常具有爭議性。所以很快，便出現了大量反駁此觀點的論文。如果真的不是神經發育的問題，那是什麼外部因素導致喪失記憶的呢？到底是什麼帶走了孩子們的記憶呢？我一直在思考這個問題，說不定是因為……」

「牠們。」

秀彬說道。韓娜點了點頭。

「牠們和記憶一起離開了我們。」

在這個假設中，柳德米拉的存在是最令人震驚的部分。

柳德米拉是唯一一個在成人以後，仍能認知牠們的人，而且與行星有關的系列作品也是在幼年後創作的。也許在柳德米拉長大後，牠們也沒有離開，仍舊持續影響著她。柳德米拉臨終前，描繪出行星的風景和具體的數值，這意味著牠們存在於她的大腦中，或者牠們把記憶徹底轉移給了柳德米拉。

「牠們會在所有地球人的大腦中停留，但卻只有柳德米拉記得那顆行星。」

研究小組調查了柳德米拉．馬爾可夫的一生，與她的名聲相比，流傳的故事卻少之又少。但可以肯定的是，柳德米拉的一生非常孤獨。

「小時候的柳德米拉便在創作方面嶄露頭角，她是一個非常細膩、敏感，且會聆聽自己內心聲音的人。柳德米拉可能一開始就意識到牠們的存在。柳德米拉小時候沒人照顧……也許是因為這樣的環境，所以牠們才特別呵護她。」

剛開始畫畫的時候，柳德米拉只是單純地把腦中的牠們展示的風景畫出來而已。不光是風景，還有牠們記憶中的行星也都原封不動地儲存在柳德米拉的腦海中。柳德米拉沒有說謊，她確實透過腦中的牠們到過那顆行星。

秀彬說：

「柳德米拉透過作畫，更加清楚地記得牠們和那顆行星。我認為重現牠們記憶的流動式記憶影響到關於行星的插曲式記憶。雖然這兩種記憶是分離的，但一種記憶勢必會與其他記憶有所相連。」

「牠們和記憶一起離開幼年時期的人類是不想暴露自己。但儘管如此，牠們並沒有阻止柳德米拉透過繪畫重現行星。這原因又是為何？」

「從我們看到的對話內容來看，牠們覺得柳德米拉畫的行星很特別，因為牠們也非常思念且深愛自己的故鄉。」

秀彬回答說。瞬間，研究室安靜了下來。

牠們從幾十萬年前消失的行星來到地球，但依然思念和記得故鄉的模樣。牠們知道總有一天地球人會忘記那顆行星，但還是希望柳德米拉能記得。正因為這樣，柳德米拉成了唯一成功將那顆美麗行星再度呈現的人。

幾十萬年前存在過的某顆行星……

現在研究小組來到最後一個問題，為什麼人們如此狂戀柳德米拉的世界呢？為什麼看到柳德米拉的世界時會流下眼淚呢？為什麼對畫中從未去過的世界如此嚮往，產生思念之情呢？人類歷史上創造過那麼多的虛擬世界，但為什麼唯獨柳德米拉的行星卻獨一無二，並在世界各地留下難以抹滅的痕跡呢？

「因為牠們在我們的大腦中存在過。」

韓娜說道。

秀彬認為這也許是牠們存在過的決定性證據。曾經停留在人類大腦中的痕跡，即使茫然且抽象，但卻是始終無法抹去的記憶。這是對曾經教育和照顧過我們的牠們隱隱約約的思念。

也許人們看到柳德米拉的行星時，思念的不是行星，而是對離開我們的牠們的思念。

秀彬說：

「大家還記得嗎？柳德米拉還有另外一個系列的作品。」

「不要離開我。那個系列的畫作我也很喜歡，雖然和行星系列作品相較下沒有什麼知名度。」

組長說道。

「沒錯，就是這個題目。」

秀彬認為至今為止仍未被解讀明白的那一系列作品，正是關於柳德米拉一生最重要的線索。

「說不定那是柳德米拉的請求。」

「請求？」

「唯一能夠認知牠們的柳德米拉……」

秀彬感到激動不已。

「對牠們的請求。想想那一系列作品的題目吧，還有那些畫所表達的深情、悲傷和孤獨。孤獨的柳德米拉需要牠們，牠們是柳德米拉唯一的朋友、父母和同伴。」

柳德米拉請求牠們不要離開，不要帶走那個美好的世界。即使自己長大以後，也請留下來。

研究室沉浸在短暫的寂靜之中。

韓娜喃喃地說：

「牠們從未離開過柳德米拉。」

在場的所有人都在回想同樣的風景，回想著柳德米拉描繪的行星，蔚藍且充滿奇妙色彩的世界，與人類共生了幾十萬年的牠們生活過的古老故鄉。

瞬間，一種奇妙的感情包圍了秀彬。那是一種對從未見過、從未感受過的某種存在的思念之情。

如果我們
無法以光速前進

男人看到老人背對入口坐在那望著窗外，遲疑了片刻。為了不驚嚇老人，他正考慮要不要出聲時，老人轉過頭瞄了他一眼。男人下意識點點頭打了聲招呼。老人微微一笑，視線又轉回玻璃窗。她是不希望有人打擾嗎？就在男人不知所措的時候，老人先開口：

「不好意思，我只有柳橙汁，體檢裝置建議我停止攝取咖啡因了。」

男人眨了一下眼睛，只見老人把手中的柳橙汁袋舉起。

「你要不要也喝一杯？」

「抱歉，體檢裝置也建議我攝取低糖飲食。」

男人面帶微笑拒絕老人的好意。老人聳了肩膀說：

「我的私人太空船裡也有無糖果汁，不過味道有點難形容。」

雖然老人一副若無其事的樣子，但她給人的第一印象卻略顯慌張。她還有私人太空船？男人皺著眉頭，看往她手指的方向，要想從外部進入候車室必須經過她指的那條通路，只見通路的盡頭亮著顯示太空船處於對接狀態的綠燈。看來剛才看到那艘簡陋的太空船就是她的。說是太空船，但它的體積也未免太小了，而且看上去似乎只能往返於地球與這顆衛星的軌道。與其說是太空船，倒不如說更像接駁小艇。

男人陷入沉思時，老人又把視線轉向了玻璃窗。咕嚕嚕，吸乾柳橙汁的聲音打破了寂靜。老人搖了搖手中喝光的果汁袋，然後把空袋子放在旁邊的椅子上。

老人坐在窗戶旁邊，她的身後是一排四人座的長椅，金屬的扶手把鬆軟的皮製長椅分隔出四個座位。男人環視四周，這個地方充分再現古老車站的候車室。他曾見過一張很久以前的小火車站的照片，於是心想如果是去過的人，一定能在這裡找尋到某種復古的感覺。

男人轉過頭，又看到了什麼東西，只見牆上用通用的文字寫著「為太空旅行者提供的營運時間表」，但下面密密麻麻的數字已經模糊不清了。從三、四個商標可以看出，這是一處多家公司共用的太空站，大廳的角落處設有接待櫃檯，窗口透明的玻璃內側還站著一個機器人。令人驚訝的是，那個機器人還在運作，頭部的顯示幕閃著光，反覆播放著通知。

候車室一側的牆壁從地面到天花板都是透明的玻璃，透過玻璃可以看到人工衛星正在以各自的速度沿著軌道運轉，還可以看到如同背景一樣的又圓又藍的地球。男人默默地走到望著地球的老人身旁坐下來，老人似乎毫無察覺。男人不敢輕易開口，因為他擔心直接進入正題會讓嘗試對話失敗。他想起了前輩給的建議，嘗試對話要從聆聽對方的故事開始，於是開口問道：

「請問，您……」

「叫我安娜。」

「啊，好的，安娜您打算去哪裡？」

老人的視線固定在窗外，回答道：

「斯倫伯尼亞行星系。」

「那裡應該很遠吧。」

「所以我才來到這裡。」

老人從懷裡取出一張舊車票。雖然車票的邊角褶皺但保管得很好，看來還算平整。

老人把車票遞到男人面前，只見上面標著可以選擇隨時出發的時間和目的地。斯倫伯尼亞行星系，第三行星。

「聽說遠航的太空船都會從這裡出發。當然，短程運行的太空船似乎更多。這裡成了像我這樣的人唯一的希望。」

「看來這裡還有飛往斯倫伯尼亞的太空船啊。」

男人以爽朗的語氣附和道。安娜瞇起眼睛，皺著鼻梁問道：

「你到這裡來做什麼？看起來不像乘客，是員工嗎？」

聽到安娜這樣問，男人打了個冷顫。

「這麼講有點難為情。其實，我是第一次來這個站點。」

「身為員工怎麼會第一次來呢？」

「我只是個約聘工。光是地球軌道上就有數不清的人造衛星，但公司懶得一一管理，所以都推給了衛星管理企業。我們要跑很多不同的軌道，所以很難掌握確切的情況。雖然我今天在這裡，但可能下個禮拜就到別的地方。啊，到時候您也應該離開這裡了吧？」

男人回答的時候，兩顆大型的人造衛星從他們旁邊一閃而過。

「太空站真是越來越多了。」

「是啊，進入宇宙拓荒時代已經有一段時間了，但地球仍舊非常擁擠。」

男人觀察老人的眼色，但老人沒有任何回應。

他原本是想誘導老人說些話，結果反倒自己一直在講話。男人又瞄了一眼靜靜望向窗外的老人，下意識地把手伸進包包裡，但隨後又恍然大悟般立刻收回了手。他希望老人沒有察覺到自己的舉動，因為像這樣突然掏出終端機，只會引起老人的反感。

「去斯倫伯尼亞的太空船什麼時候出發呢？」

「你應該比我更清楚吧？」

「我也不清楚。我的工作只是負責檢查基礎設備而已。」

男人指了指櫃檯窗口的機器人。大廳乾乾淨淨的，看來它的自動清潔功能運作正常。

「原來如此。我還以為你是來修理它的呢。」

老人指了指什麼。男人又嚇了一跳，怎麼剛才沒看見呢？原來玻璃窗前還有一具機器人。它和櫃檯窗口的機器人相似，但頭部的顯示幕卻閃爍不定，嘴巴張闔得十分緩慢，沒有半點聲音，彷彿就要奄奄一息。

「啊，原來這裡還有一具機器人。當然要修理了。」

男人從座位上站起來，把帶來的包包放在稍遠的椅子上，然後朝斜靠玻璃窗的機器人走過去。事實上，除了給家用型機器人更換電池，他對修理機器人一竅不通，但眼下也只能硬著頭皮試試了。機器人背後的充電線冗長得在圓形的大廳繞了一圈，一直拖到了玻璃窗另一側的配線箱。

「不好修啊。」

男人滿頭大汗。他很想讓機器人暫時清醒過來，但這跟家用型機器人的內部配線不同。他不確定安娜是否正看著自己，一邊拆下零件，一邊問道：

「您去斯倫伯尼亞有什麼事嗎？」

「我丈夫和兒子住在第三行星。」

「你們分隔得這麼遠啊。」

斯倫伯尼亞行星系是一個什麼樣的地方呢？男人之前背過主要行星系和行星的特性，但現在幾乎都忘了。安娜開口說道：

「第三行星是一個資源豐富，居住環境舒適的星球。人類最初開發是為了獲取稀有資源，但後來發現環境宜人，所以很多人移居過去。我丈夫和兒子也想到與地球不同的地方生活，於是加入了移居的隊伍。」
「啊……那裡是利克達特的產地吧？」
男人聽到稀有資源，這才回想起來。如今，這種名為利克達特的礦物已經不常使用了。
「原來你知道啊。過去有段時間曾經可以利用這種礦物製造軌道電梯，鬧得沸沸揚揚。載人太空船首次前往斯倫伯尼亞的時候，相關的報導鋪天蓋地，可現在我們還不是在使用老式的太空船。真是受夠了每次肺部遭受擠壓的感覺。」
安娜看了一眼窗外的太空船。男人不知道軌道電梯是哪個時期的事。既然不知道，那最好儘快轉移話題。
「很多新技術不都是這樣？話說回來，您當時為什麼沒跟家人一起去呢？」
「你的問題還真多。」
男人暫時停下轉動螺絲起子的手。
「別緊張，年輕人的特徵不正是好奇心強嘛。」
男人不擅長誘導別人講話，他始終擔心自己會惹老人不高興。

但有別於他的擔心，安娜並沒有在意，反倒提了一個莫名其妙的問題：

「那你知道深凍結技術嗎？」

「嗯，當然知道。」

男人如實回答道。

「那不是冷凍睡眠技術中的一種嗎？」

深凍結技術為人體冷凍睡眠帶來了革命性的變化。但目前冷凍睡眠技術並沒有得到普及應用，只有醫療領域使用過幾次。

「沒錯，準確來說冷凍睡眠技術使用的是貝塔防凍劑和奈米機器人。我早前做過深凍結技術的研究，說該研究的核心技術是我開發出來的也不為過。當然，通常大家只記得技術，很少有人會知道學者的名字。在當時，我可是頗有影響力的研究員，那項技術可是我人生中為數不多的自豪成果。」

男人看著安娜並點了點頭，但眼前這位憔悴的老人很難教人相信她曾經是一位知名學者。

「宇宙拓荒時代的序幕就此拉開，隨著曲速引擎步入商業化，許多行星的開拓取得了成功，聯邦政府也進入了擴展宇宙時期。當時大家都夢想著移居到其他的星球開始新的生活，我的丈夫和兒子也不例外。」

男人對廣泛應用曲速引擎時期的事略知一二。當人類成功登陸月球和火星，並向太陽系以外的地方成功發送無人探測船以後，曲速引擎成了真正意義上宇宙拓荒的重大契機。

即使太空船尚無法達到光速，但利用曲速引擎在移動中的太空船周圍製造出曲速氣泡，便可以使太空船以比光速更快的速度抵達另一個銀河系。接下來，宇宙的開拓便從距離地球較近的恆星系中資源豐富，或與地球環境相似的行星展開了。

「深凍結是人類宇宙拓荒步入下一個階段所需的必要性技術，因為不管如何利用曲速引擎縮減星際之間的距離，太空船從地球出發，抵達另一顆恆星仍需要很長的時間。雖然抵達近距離的恆星系只需數光年，但那裡並沒有多少對人類有用的行星。要想抵達稍遠的地方，則需要數百到數萬光年，即使利用曲速引擎，也需要幾年的時間。堅持飛行幾年也並非不可能，只不過窗外是宇宙一望無際的黑暗，外加太空船裡也沒有什麼娛樂設施，多少人能在這種環境下清醒地抵達目的地呢？再說醒著的人需要吃飯、上廁所，因此需要運送大量的物資。出於這些考量，所以才需要先進的人體冷凍睡眠技術。這樣一來，就可以讓更多的人在睡夢中前往宇宙的各個地方了。」

「那您負責其中哪些研究呢？就算是冷凍睡眠，也會細分很多內容吧……」

男人下意識地察覺到自己對安娜的故事產生興趣。安娜笑了笑。

「看來你也多少聽說過這件事。冷凍睡眠分為三個階段，首先要以零下一百九十六度低溫速凍人體，然後在同樣溫度下維持數年的穩定狀態，最後在確保人體不受損傷的情況下解凍人體。當時，人們覺得冷凍睡眠是一種不完善且不安全的技術，因為三個階段都有可能導致人體永久性受損。其中最教人頭疼的問題是，用什麼來取代人的體液。冷凍睡眠過程中出現的人體損傷大多與體液的特性有關，人體中所占比例最多的水在結冰時體積會膨脹，細胞和組織會因此受到損傷。而融化時，體積發生變化的話，也會破壞身體的各種組織，所以必須解決這些問題。」

男人點了點頭。

「我研究的是一種稱之為『Anti-Freezer』的有機物質混合溶液。這是一種可以取代血液和體液的防凍液，但必須先去除其中對人體有害的毒性，再使其符合凍結和解凍的條件，而且還要找出適當的調配比來活化奈米機器人和人工酵素。研製這種防凍劑是為了在解凍過程中減少細胞的損傷，所以必須考慮周全。雖然研發維持低溫狀態或用其他液體化合物取代體液的技術相對較快，但冷凍睡眠技術的最終難關始終是要找到對人體無害的防凍劑。當時使用的防凍劑並不能徹底預防細胞損傷，所以每個人一生僅限使用兩次冷凍睡眠技術。」

「原來如此。那最後開發成功了嗎？」

「你覺得呢？」

面對安娜的反問，男人放下修理機器人的工具，眨了眨眼。安娜咧嘴一笑。

「請聽我娓娓道來。總之，為了研發『Anti-Freezer』我沒有離開地球。雖然部分出於學者的好奇心，但當時……我總認為自己可以為人類的未來做出某種貢獻吧。宇宙拓荒的下一個階段必然需要深凍結，況且醫界也有這方面的需求，那段時期每天都有醫治疾病的新方法問世，所以人們報以希望，認為無論多致命的疾病，只要凍結患者，待十年後醒來，就可以找到醫治的方法了。那時，我們彷彿迎來了人類智慧的黃金時代。」

聊起過去，安娜的眼中閃爍著光芒。男人在心裡揣測著她提到的時期是什麼時候。

「當我的丈夫和兒子決定前往斯倫伯尼亞時，我以為研究工作也差不多告一段落。事實上，也的確看到了盡頭：不斷有新的論文發表，商用化也近在眼前了。我決定讓丈夫和兒子先去，等研究結束後立刻去找他們。我們喜歡地球上的生活，但也很期待前往其他的星球展開新的生活。斯倫伯尼亞是一個以美景而著名的地方，而且第二代拓荒者也早在那裡安家落戶，可見生活並不艱難。我心想既然已經答應讓丈夫和兒子先去，那不如教他們提早過去適應新環境，但我當時並沒想到研究會拖延到這般地步。」

安娜的語氣瞬間變得低沉。男人嚥了下口水，等待安娜繼續講下去。安娜聳聳肩膀，接著說道：

「我最近也在想，假如回到當初，就算知道會如此，我能放棄所做的一切，前往斯倫伯尼亞嗎？即使苦惱，也很難得出答案。當然了，這都是毫無意義的想像。」

「如果換作是我，也很難放棄的。」

「你也這麼覺得？」

安娜笑了笑。

「總之，未來近在眼前。我深信只要一步，只要再邁出一步，人類就可以利用深凍結在沉睡狀態下前往更遠的星球，人類很快就可以掌握宇宙了。交織的好奇心和決心讓我充滿熱情，我們的研究也接近了尾聲，但人生始終難以預測……」

安娜講到這裡，突然欲言又止。男人感受到一種奇妙的感覺油然而生。

「你也許知道接下來發生了什麼事，我是說被稱為宇宙拓荒時代的第二次革命。」

「嗯……也許。」

男人再次陷入沉思。

「人們發現了高次元蟲洞隧道。」

安娜面帶微笑，但那笑容略帶著苦澀。

「沒錯。」

雖然曲速引擎開啟了宇宙拓荒時代的全盛時期，但卻未能給人類提供無限的速度。前往其他銀河短則數月，長則數十年，但人類的壽命卻只有一百多年的週期，而且能夠活躍活動的時期僅有幾十年而已。人們之所以提出深凍結技術作為唯一對策和解決方案，完全是為了縮短人類有限時間與無限宇宙之間的間隔。

當然，在這種情況下也有人提出星際航行技術或許存在著其他的可能性，其中一個例子就是「蟲洞」理論。人們把宇宙比喻成一顆蘋果，指出就像蟲子挖的洞一樣，宇宙的各個地方也存在空間互連的高次元蟲洞。最初人們覺得這種利用高次元蟲洞短時間穿行宇宙的想法很滑稽，因為即使在非常小的範圍成功觀測到這種蟲洞，但在宏觀的宇宙中利用它穿行宇宙似乎不太可能，且當時已經出現曲速引擎這一優秀的航行技術，所以蟲洞並沒有受到更多人的矚目。

但隨後一次偶然事件，蟲洞再次引起了關注。一艘航行中的太空探測船突然失去信號，不管怎麼追蹤它的航路，始終沒有找尋到下落，但後來卻在出乎意料的地方，可以說是宇宙的另一端發現這艘探測船。一個物理學研究小組堅持不懈地對消失的信號進行追蹤，最後發現，當時探測船以研究為目的發射的特殊軸子微粒射線激發了蟲洞。後續研究改變了宇宙拓荒模式，人們推翻了因蟲洞本身的不穩定性，進而無法與像太空船一樣的巨大物體相互作用的定論，並且根據探測船失蹤的案例，陸續發表能夠使蟲洞穩定化的技術。

宇宙中存在著數不盡的蟲洞，人類只需利用這種蟲洞隧道就可以了。

「宇宙拓荒時代的第一階段就此落幕，緊接著揭開第二幕。」

男人稍稍皺起眉頭。

「那您做的研究因為蟲洞的發現而被擱置了嗎？」

「啊，沒有。就結論而言，我們的研究項目取得了成功。」

安娜露出笑容，她覺得男人的反應很有趣。說的也是，即使宇宙航行不需要深凍結技術，但其他領域仍有這種需求，因此研究不可能被輕易擱置。男人緊鎖的眉頭又舒展開了。

「當然，多少還是有些遺憾。事實上，外界對我們研究的關注度明顯比過去減少許多了。深凍結之所以能得到充足的研究經費，是因為這項技術在當時具有很大的象徵意義，它是宇宙拓荒最後的一線希望。但隨著蟲洞隧道的發現，星際航行技術的主軸徹底轉移了。」

在男人出生的年代，很難想像這種如此突如其來的技術革命，甚至沒有人知道是安娜那一代人經歷了無數次的失敗才有了今天的技術成果。安娜欲言又止，看了一眼男人身邊的機器人。男人早把修理機器人一事拋在腦後，不知何時起他聚精會神地聆聽起安娜的故事。就在他猶豫是否繼續修理光亮漸暗的機器人時，安娜泰然自若地說道：

「無論如何我們都要完成研究，因為醫界仍需要這項技術。宇宙拓荒的先驅們按照他們的方式開創了新時代，我們則按照自己的步調完成了研究，但中間出現了一些問題。」

安娜的聲音突然有些低沉。

「由於聯邦政府和大眾的關注焦點迅速轉移，隔天我們的研究經費便被大幅度縮減。雖然還不至於無法完成研究，但我們沒有條件再聘請技術人員了。人手縮減，工作量自然比平時增加，這也導致完成項目的日程又往後延遲。當然，研究並沒有因此擱置不前。正如前面所提到的，研究已經進入了尾聲，但想到長期嘔心瀝血搞的研究就這樣結束了，多少還是覺得很可惜。雖然日程一再延誤，但我不覺得傷心，因為不管怎樣，盡頭就在咫尺了。等一切結束以後，我就可以離開地球，前往斯倫伯尼亞與家人團聚共度餘生了。」

講到這裡，安娜停頓了一下。短暫的沉默過後，她又補充了一句：

「當時，我的確是這麼想的。」

男人從安娜面無表情的臉上感受到了錯綜複雜的情緒。

「新的一年開始了。幾個月後，我們在當時最大規模的學術會議上發表了這項研究成果。雖然我們失去了『宇宙拓荒時代唯一希望』這一宏偉的頭銜，但我們的研究仍受到最高的關注。我原本的打算是等會議結束，簽訂完商用化合約以後，再利用一個月左右的時間來打理地球上的生活。我終於等到了學術會議，你能想像我當時有多緊張嗎？我做過眾多學術發表的演講，但從來沒有像前一晚那樣緊張過。這是理所當然的事，因為我就要迎來發表成果的瞬間了。這可是歷經十年苦心研究的成果，我會親口宣布人類成功研發了完美的冷凍睡眠技術。那天晚上，我對著鏡子練習演講和做表情。但就在這時，行政祕書打來了電話。」

「電話？」

安娜沉默了片刻。等她再次開口的時候，眉目之間掠過了一絲傷感。

「祕書心急如焚地告訴我，明天是飛往斯倫伯尼亞的太空船最後一次出航……他還說，雖然知道明天是學術會議發表日，但覺得還是應該告訴我這件事。」

男人皺著眉頭問：

「這怎麼可能，怎麼會突然停止運行呢？根據聯邦法，這些已經開拓的行星通常會與地球保持長期的交流啊？」

「看來你並不熟悉遙遠宇宙的概念。」

男人閉著嘴，儘量讓自己看起來不顯驚慌。

「所謂的遙遠宇宙……」

安娜望向窗外。

「我剛才提到宇宙拓荒模式隨著發現蟲洞而發生改變了嗎？」

「您說了。」

「突如其來的技術轉換超乎了人們的想像。蟲洞比現有的曲速引擎更快、更安全、更經濟，由於曲速引擎需要在太空船周圍持續製造出臨時、局部區域的曲速氣泡，所以需要消耗巨大的能量，而且也非常耗時，但蟲洞只要進入隧道就可以運行。花費一樣的資金，利用曲速引擎最多只能把太空船送至一個地方，但利用蟲洞的話，至少能通往五個地方。」

據男人所知，就像安娜說的那樣，現在已經沒有裝載曲速引擎的太空船了。

「但問題是……新的航行技術只能利用宇宙現有的蟲洞隧道，根本無法創造出新的。這在一般情況下是沒有問題的，因為在找到穩定蟲洞的方法以後，人們又發現了很多現有的蟲洞。宇宙旅行的歷史也因此而改寫了。但斯倫伯尼亞的問題就在於此，曾經斯倫伯尼亞是距離我們最近的宇宙，但自從利用了蟲洞以後，斯倫伯尼亞瞬間成了『遙遠宇宙』。因為沒有蟲洞通往那裡，不僅沒有通往斯倫伯尼亞恆星系的蟲洞，就連通往附近的蟲洞也沒有。在能夠將最長的航程縮減為一個月的新拓荒時代，僅利用現存的蟲洞便可以通往很多的星球了，所以誰又會願意去一個必須沉睡上數年才能抵達的地方呢？」

聽到這裡，男人這才明白了為什麼之前很少聽聞於斯倫伯尼亞的事。雖然他學過關於所有行星系和主要行星的知識，但列表中的斯倫伯尼亞只是一個擁有大量資源的星球而已。

「這是聯邦政府精打細算後做出的決定。斯倫伯尼亞的人口已經足以建立一個獨立的行星國家，因此再也沒有營運太空船的必要，更沒有經濟性和能源利益。然而我……因為埋頭搞研究，所以一點都不知道聯邦政府已出於這些考量把很多行星列入了『遙遠宇宙』的消息。這太教人無語了。」

安娜的表情十分淡定。

「那天晚上我在飯店的房間裡能做什麼呢？明天還有幾千人等著我發表研究成果，況且我沒有做任何移民的準備。」

安娜的語氣依然很平靜，但男人足以感受到她當時的絕望感。

「當然，我心想無論如何都要嘗試一下，所以決定等學術會議結束以後，立刻出發趕往太空站。我還把演講的時間稍微提前了，打算早點結束。」

「那成功了嗎？」

「沒有成功。會議結束後，我被記者團團包圍。雖然我解釋說沒有時間回答問題，但最後還是耽誤了時間。」

「……」

「如果把我的這段經歷寫成小說或拍成電影的話，肯定很有戲劇性。不管怎樣，結論都是相同的，我失敗了。」

男人徹底放棄了修理機器人，機器人頭上一閃一閃昏暗的光亮就此熄滅了。安娜的目光投向了停止運轉的機器人。

「有很多跟我處境相同的人就這樣留在地球上。我們因故未能離開地球，就這樣跟家人或愛人生死離別了，但宇宙聯邦政府卻對我們視而不見。技術的轉變讓數十顆行星眨眼之間淪落成了『遙遠宇宙』的星球，因此把為數不多的人送往這些行星成了一件既沒有經濟效益又很可笑的事。可是聯邦政府直到幾年前都還在使用這種沒有經濟效益的方法啊。」

男人點了點頭，他跟隨老人的視線看到大廳的天花板上寫著這樣一行字：

「為等待的人而存在的宇宙太空站。」

「一個民間團體出面要幫助我們，但卻很難招募到乘務員。如果是在以前，會覺得這是一份不錯的工作，既能領取高薪又能往返於地球與行星之間。但在蟲洞出現的情況下，誰又願意浪費那麼長的時間往返一趟呢？冷凍睡眠技術剛剛完成，很多人都夢想著能與家人團聚。」

「應該沒有出發的太空船了吧？」

「是啊。但即使這樣，也還是有幾個月一班，甚至幾年一班……載著那些人前往遙遠宇宙的太空船從這裡出發。」

安娜指了指地面。

「等了好久，如今終於輪到我了。」

「那您……」

男人露出不可思議的表情問道：

「一直都在這裡等待飛往斯倫伯尼亞行星系的太空船？」

「就是這樣。」

安娜微微一笑。

但這怎麼可能呢？男人把從心底湧現的疑問又嚥了下去。

「我現在知道您為什麼那麼迫切地想去斯倫伯尼亞了。」

男人用手敲了一下椅子，安娜望向他。男人感到口乾舌燥，不知道接下來該說什麼才好。

「但……當初根本沒有約定好這件事，也沒有人告訴您去斯倫伯尼亞的太空船會從這裡出發，那張車票上不是也沒有寫具體的日期和時間嗎？」

「上面寫著隨時可以出發。」

「換句話說，就是沒有講好何時會出發的意思啊！」

男人不停地摸著脖頸。但安娜半瞇著眼睛望向了別處，然後用平靜的口氣說：

「就算你覺得我這樣很蠢，也沒關係。但我能做的事，就只有等在這裡而已了。」

「安娜，妳早就心知肚明了吧？」

「你這話是什麼意思？」

安娜表情嚴肅，但還是帶著一絲微笑。

「妳不可能不知道一百年前這個地方就已經關閉了。」

男人像是等待已久般地說出這句話。

他不知道是不是自己再也沒有耐心聽老人講下去，又或者是覺得此時講出這句話最為合適。但安娜的表情卻沒有因此發生任何的變化。

片刻的沉默過後，安娜聳了一下肩膀。

「就算知道了又能改變什麼嗎？」

「安娜！」

男人從椅子上站了起來。

「我推算了一下，妳已經超過一百七十歲了吧？妳到底是怎麼活下來的？這期間到底往返過幾次這裡啊？」

「人怎麼可能活那麼久。看來你不是員工，你是宇宙的老糊塗吧。」

安娜泰然自若的反應讓男人一下子洩了氣。男人苦笑著問：

「妳是在開玩笑吧？」

男人覺得安娜是在取笑自己，說不定她從一開始就看穿了自己前來的目的。安娜始終面帶著微笑。

「我只活了醒著的這些年而已。」

男人環顧四周，這個雖然破舊但仍留有人跡的太空站裡，只有還在運作的機器人、廢棄且乾淨的椅子和照明設備。

「為了等待，我只能多睡覺。但為了確認等待的結果，偶爾也需要醒過來。」

這時，男人才從安娜身上聞到了一股若隱若現的有機物質的味道。起初他覺得那只是老人的體味，但現在看來那或許是高科技的，不，應該是很久以前古老技術的殘留物。男人鎮定了一下情緒，說道：

「我必須鄭重地告訴妳，現在這個軌道上已經沒有關閉的太空站可以使用的空間了。我的工作是負責報廢和回收宇宙中的殘骸，這裡五年前就已經過了報廢時限。每次我們嘗試報廢，但都因為妳，搞得我們根本無從下手。」

「真不知道你們為什麼要對一個老人死纏爛打。」

「死纏爛打？之前公司派了三名員工過來，但聽說連這附近都無法靠近。這次我能進來，說明妳的心境在某種程度上也發生改變了吧？雖然不知道妳有何打算……」

「我不明白你在說什麼。」

安娜一臉從容。男人咬緊嘴脣。

「我們公司說會負責安排妳的晚年生活。因為沒有在時限內報廢這個太空站，所以每年聯邦政府徵收的罰款都在增加。難道妳打算在那個發臭的冷凍睡眠機器裡再等上一、兩百年嗎？根本沒有前往斯倫伯尼亞的太空船了。拜託妳就接受我們的提議吧。」

老人閉上了雙眼，她這是連聽都不想聽的態度。

「我誠懇地拜託妳。但如果妳一直這麼不配合的話，那我只能強制性地把妳帶走。」

聽到男人這番話，安娜從椅子上站了起來。男人嚇了一跳，往後退了一步。安娜從懷裡取出了電漿炮。男人驚愕不已，但眼下必須保持鎮靜。

「我知道妳不可能殺我。」

「你那麼肯定？」

安娜的嘴角輕輕上揚，電漿炮對準了男人。男人的背後冒出了冷汗，他本來以為安娜是一個精神正常的老人，難道不是嗎？

「我不知道。該死的，拜託妳把它放下。至少妳知道我現在身上沒有任何的武器。」

安娜放下了電漿炮。

「好吧。」

男人嚇得快要爆炸的心臟這才勉強地鎮定了下來。雖然早預料到占領這個太空站長達百年的老人是個怪才，但沒想到竟是一個如此激進的人。

「我沒打算開槍，這東西早就故障了。」

安娜邊說邊把電漿炮丟在了地上。

「我可不會修這東西。」

男人一臉緊張，很擔心電漿炮會走火。安娜看著他，噗嗤笑了出來。

「真是個膽小的年輕人。」

「因為我還有很多日子好活啊！」

男人沒好氣地頂撞了安娜。安娜又坐回到椅子上，現在她連站著都覺得很吃力了。

男人鬆了一口氣，問道：

「安娜，妳在這裡到底想做什麼呢？」

「我不是都說了，我要在這裡等待。」

安娜把視線轉向窗外的宇宙。

「總有一天，我可以去斯倫伯尼亞。只要我等在這裡，就有一線希望，就能等到太空船從這裡出發的那一天。說不定有一天還會發現通往斯倫伯尼亞附近的蟲洞……對你而言，流逝的時間不過是留不住的、可貴的機會成本，但對像我這樣的老人可就不是了。」

「現在沒有前往斯倫伯尼亞行星系的太空船了，以後也不會有的，這裡很久以前就關閉了。如果斯倫伯尼亞附近存在蟲洞的話，那也肯定早就被發現了。再說了，就算現在發現了，可又有什麼意義呢？在妳反覆凍結和解凍的這一百年裡，居住在斯倫伯尼亞的家人也早就結束了生命之旅。我從來沒聽說過有人能活一百五十年以上。拜託，妳就跟我一起離開這裡吧。」

男人沒好氣地邊說邊看了一眼手錶，因為公司指示必須在兩個小時內把人帶出來。在不影響軌道上其他衛星的情況下，選擇適當的時機報廢並回收殘骸絕非一件易事。眼看時間所剩無幾，男人只能用武力逼迫安娜放棄了。

「你說的沒錯，我深愛的家人都已經離開了。」

安娜以像是回答早餐吃了什麼的口吻說道。

「但我還是想去看看那顆一度可能成為我故鄉的星球，如果運氣好的話，我希望可以葬在丈夫的身邊。」

「葬在一起有什麼特別的意義嗎？我真是不能理解妳執著的這些事。」

「看來現在的年輕人都不執著這些事啊。我比你年長一百歲，就當這全是代溝好了。」

真是教人抓狂。男人在心裡發起了牢騷。

「妳研究過說服脾氣倔強的老人的方法嗎？」

「據我所知，沒有那種方法。」

「好吧，那我只能向公司請求支援了。到時候我們強制性地把妳帶走，妳可不要生氣喔。」

在男人看來，這種對話再講下去也是毫無意義的。

安娜對轉過身的男人說：

「我剛才提到深凍結是完美的冷凍睡眠技術了嗎？」

「嗯……有說過。」

男人嘆了口氣，把頭又轉向了老人。

「但那並不完美。我睡下再醒來，重複了一百多次以後，這才發現了問題。」

安娜望著窗外，只見其他軌道上的太空站一閃而過，正準備出發的太空船與之對接在一起。

「你能想像每次凍結後再醒來的時候，腦細胞嘩啦啦死掉的那種感覺嗎？我現在就有那種感覺……」

「……」

「凍結不是沒有代價的不朽。為了確認自己還活著，必須要在某個瞬間睜開眼睛。每當這時，我都有一種透支壽命的感覺。」

「那妳為什麼還要做那種事？妳明明可以安度晚年的啊？」

「就像你腦袋裡想的那樣，因為我是個瘋婆子。」

安娜露出調皮的笑容。男人一時驚慌失措，不知道該說什麼才好。

「我現在已經無法判斷狀況了，我不知道自己是否還處在凍結狀態中，這一切會不會只是我在寒冷的地方做的一場夢呢？我深愛的家人真的永遠地離我而去了嗎？失去了他們，我在這一百年裡反覆沉睡和甦醒又有什麼意義呢？為什麼每次都沒有死掉呢？為什麼會醒過來呢？過了多少時間？世界發生了多大的變化？我是不是還有與他們團聚的機會？為什麼我在沉睡的時候，沒有人來叫醒我？為什麼我還等在這裡呢……」

安娜淡淡一笑。

「你想想看，就連看似完美的深凍結都存在瑕疵，甚至連研究這項技術的我在沒有親身經歷之前都不知道存在著問題，而且我們至今都沒有達到光速，但是人類卻以為自己征服了整個宇宙。宇宙允許我們活動的空間只有利用蟲洞可以抵達的一小部分而已，假如突然出現的蟲洞像廢除的曲速引擎一樣消失了呢？到時候，我們是不是要把更多的人類遺棄在宇宙之外呢？」

「安娜！」

「從前的分離不是這樣的意義。那時我們至少身在同一片藍天下，生活在同一顆星球上，呼吸著相同的空氣，但現在我們卻身處不同的宇宙。數十年間，對我的遭遇感同身受的人們來探望過我，大家安慰我說，至少你們身處同一個宇宙。可是，如果我們無法以光速前進的話，那所謂的身處同一個宇宙的概念又有什麼意義呢？無論我們如何宇宙拓荒，如何擴張人類的外延，但如果每次都出現被遺棄的人……」
「妳這樣拖延時間也無濟於事。」
「難道我們不是在一點一滴地增加宇宙中孤獨的總和嗎？」
男人沉默不語，短暫的寂靜流淌而過。
安娜接著說：
「讓我離開這裡吧。」
「妳的意思是，願意跟我一起返回地球？」
「我要搭自己的太空船去斯倫伯尼亞。」
「妳開玩笑吧？這根本不可能。」
男人斬釘截鐵地說。
「難道妳要搭外面的那艘去嗎？這完全是自殺行為。那麼小的太空船能去哪裡？妳的太空船最多只能往返於地球和衛星之間，根本無法抵達斯倫伯尼亞，況且聯邦法律嚴格禁止未經許可的航行和探測行為。如果放妳離開，我會受到處罰的。不要這樣，妳……就跟我回地球吧。」

「我很清楚自己要去哪裡。」

安娜的態度很堅決，但她看起來已經疲憊不堪了。

「你就讓我踏上最後這段旅途吧。」

男人左右為難。雖然公司指示必須把老人帶回地球，但聽了安娜的故事以後，他的確對安娜的遭遇產生了憐憫之情。

安娜絕不可能抵達斯倫伯尼亞，因為她的太空船是一艘無法製造曲速氣泡的舊式太空船。更何況，就算她能以光速前進也需要幾萬年的時間才能抵達斯倫伯尼亞行星系。

但比這更重要的是，男人沒有任何權限。近期聯邦政府正在嚴格管控宇宙垃圾的問題，由於軌道上的宇宙垃圾已經達到飽和狀態，因此不熟練的飛行員很容易因為一時的判斷失誤發生撞擊事故。如果任由老人未經許可地航行，只怕她會與散落各處的垃圾發生撞擊，或是損壞正常運作的人造衛星。按照安娜自己講的那樣，她只是研究深凍結技術的學者，並不是駕駛太空船的專業飛行員。

「對不起。」

男人避開安娜的視線說道。

「我也是按照上級的指示履行公事。」

男人的道歉是出自真心的，因為安娜的故事打動了他，但他的確束手無策。

本來以為安娜會繼續抵抗，但出乎意料的是，她順從地點了點頭。

「好吧。既然是這樣，那也沒辦法了，那就出發回地球吧。」

或許是男人不再強硬的態度讓老人改變了主意。他覺得很對不起安娜，於是轉過身，再也沒多說什麼了。

安娜不動聲色地環顧了一下四周。

「這個太空站就要消失了，真是可惜啊。一個時代就這麼過去了。」

公司還要求男人帶回太空站的飛行記錄器，飛行記錄器應該在主機操縱室。男人看了一眼窗外與太空站對接著的太空船，那是他來時搭的太空船，旁邊那艘又小又破的則是安娜的太空船。他打算和安娜一起搭公司的那艘帶有自動運行裝置的太空船返回地球。

「請稍等一下。我們很快就出發。」

男人經過走廊，朝主機操縱室走去。他心想，老人在這裡待了那麼久，一定產生了感情，不如給她一點時間與太空站道別吧。男人來到主機操縱室，看到長久以來維護管理良好的設備，不禁再次發出感嘆。即使太空站有自動維護功能，但如果沒有工程師管理的話，也很難維持到這種程度。看來老人除了學術研究以外，對其他領域也十分精通。

男人在顯示幕上輸入安全碼後，飛行記錄器的具體位置顯示了出來，原來飛行記錄器在駕駛室。只要分析飛行記錄器裡的內容，就可以知道這些年裡發生了什麼事。這樣一來，就沒有必要審問那個可憐的老人了。

男人去駕駛室還有其他的事情要處理，他必須把安娜的太空船設定成自動運行模式才能使其返回地球，然後做好解除對接的準備工作。男人朝隔壁的駕駛室走去，只要越過一扇門便是可以把宇宙盡收眼底的狹小駕駛室了。

這時，只聽轟的一聲響，太空站搖晃了起來，地面出現了震動。男人沿著震動迅速轉過頭，只見窗外安娜的太空船正在準備出發。

「該死的！」

安娜正試圖解除對接。疏忽大意是男人的錯嗎？安娜準備出發的方向似乎不是地球。男人立刻按下駕駛室的按鈕，嘗試阻止她離開太空站，但可怕的噪音依舊沒有停止。

稍後，男人感受到了一陣足以掀翻整個太空站的劇烈震動。

「安娜！」

男人明知道她聽不到，但還是大聲呼喊著。安娜已經離開了太空站，飛向了遙遠的宇宙。

男人在慌忙之中確認了飛行記錄器的位置，當下發生的一切都會被拍攝下來。他心想，如果不採取什麼行動的話，一定會被懷疑是自己擅自作主放走了安娜。男人伸手尋找著駕駛室裡的簡易武器，只要按下按鈕，裝載在太空站的防禦電漿炮便會發射出去。

這時，駕駛太空船的安娜轉過頭看向太空站，與男人四目相對。

男人按下按鈕發射了電漿炮，但電漿炮偏離了目標，擊中了附近的垃圾表面，小碎片脫落下來，電漿炮射線隨即在半空中消散。男人的視線追趕著安娜，安娜望著瞄準自己的男人和電漿炮擊中垃圾時出現的爆炸。

安娜衝著男人微微一笑。

男人看到安娜破舊的太空船在巨大的衛星之間來回移動，躲閃著垃圾碎片。如果稍有不慎撞到碎片的話，她的太空船便會支離破碎。那艘老式的太空船上除了年過已久的加速器和小型燃料桶以外，再沒有其他任何的裝置了。不管安娜再怎麼加速，也無法以光速前進。即使她飛行得再久，也無法抵達最終的目的地。

但安娜的背影看上去卻充滿了確信。

安娜很快進入了沒有碎片的空間，妨礙她的一切都消失了，她漸漸加快速度，遠離了地球。男人收回了放在按鈕上的手，恍然間他想起了安娜說過的那句話：

「我很清楚自己要去的地方。」

遠處的星星看似靜止了一般，只有一艘小型、古老的太空船穿過了那靜止的空間。

說不定有一天，安娜真的可以抵達斯倫伯尼亞。

也許在很久很久以後……

男人目送著老人踏上最後一段旅途的背影。

情感的物質性

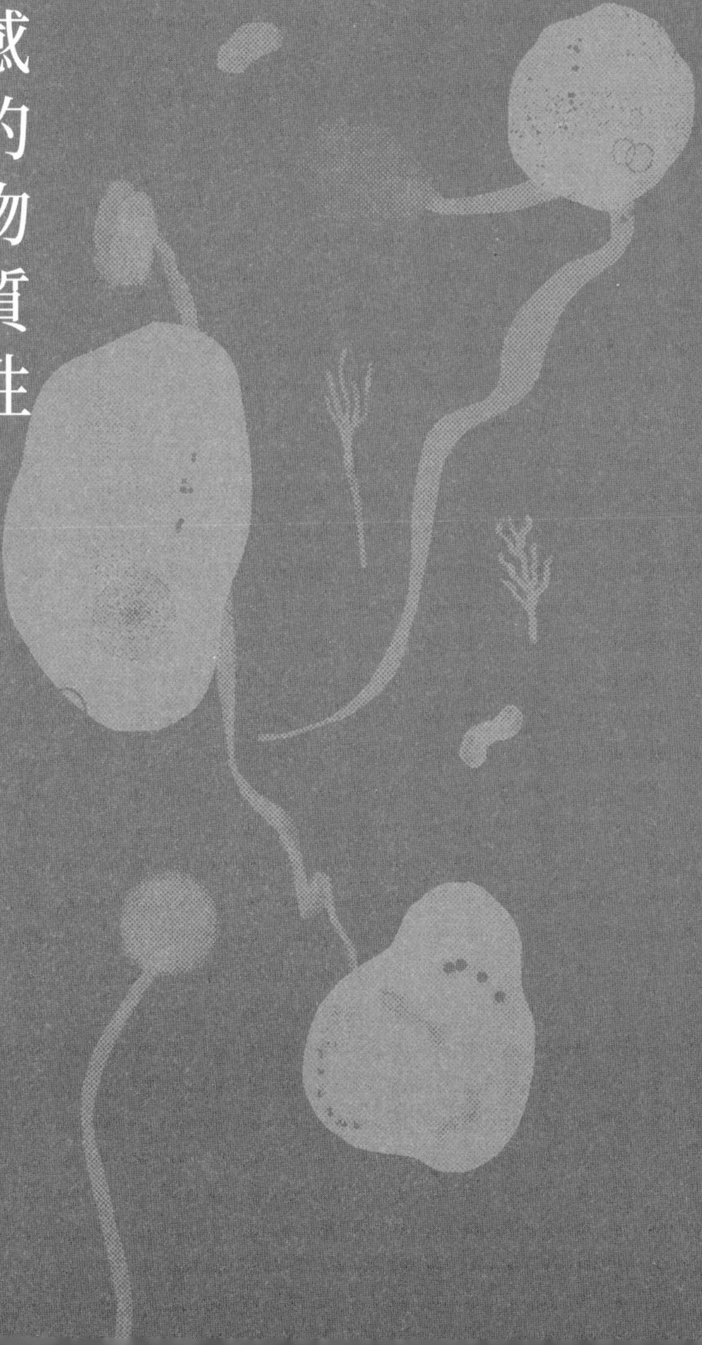

初次在辦公室看到那個奇特產品的樣品時，我正面臨截稿。原本說好會寫一篇特輯用的影評人在延遲了兩次截稿日後，突然傳簡訊說無法提供評論稿件了，加上其他版面又發生了攝影師針對版權吹毛求疵的問題，簡直教人大傷腦筋。新人編輯找了半天能用在評論版的稿子，結果還是得親自來寫。她每隔十分鐘便會一邊嘆氣，一邊捧著筆電來找我幫忙，但一、兩次也就算了，因為我也在處理自己負責的稿量，所以實在沒有空去管她。

就因為這樣，我才沒有閒情逸致去關心大家把那個感情固體公司的新產品放在桌子上嚓咔嚓咔地拍照，但幾名後輩圍在桌子前，你一言我一語的吵雜聲徹底打斷了我的思緒。

「最近 Instagram 上好多人上傳這家公司的產品照。產品都還沒正式上市，二手貨就已經高價賣出了……」

「這不會是廣告吧？」

「起初我也以為是廣告，但觀察下來發現反應都很熱烈，而且有幾個收錢也不肯幫忙宣傳的網紅帳號居然都上傳了照片。我認識的記者已經打電話採訪這家公司，說是明天就會刊登，我們也應該趁早去做一下採訪。」

我本來是想站起來請她們安靜一點，但那個引起熱烈反應的奇特產品卻進入了我的視野。我看到桌子上放著一個綠色的方型石塊，除此以外，我不知道該怎麼形容這個物體。

「靜夏前輩，你寫完了？」

「還沒，那是什麼？石頭？」

「啊，你說這個。這是一個很有趣的東西，叫『情感的物質性』。」

一名後輩像是等待已久，立刻把 iPad 遞到我眼前，刊登在本期雜誌最後面的「值得關注的新產品」專欄裡有關於該產品的簡短介紹。這個專欄通常會介紹一些在社交媒體上受歡迎的生活用品或室內裝飾品，但這期光是看介紹根本不知道是什麼東西。

據簡介，感情固體原本是一家生產文具用品的普通公司。該公司以感性的設計，即，能拍出好看照片的設計而大受歡迎。作為少有的國產文具品牌，該公司逐漸成長到可以在地鐵裡做大規模廣告的程度，但突然之間公司卻無聲無息地停止生產。時隔一年，當這家公司再次登場的時候，推出的新產品便是「情感的物質性」了。

「情感的物質性？」

「用他們的話說，就是把情感製作成造型化的產品，而且種類繁多。基本款是以『恐懼體』和『憂鬱體』來命名的產品，然後衍生出來的還有香皂、香氛蠟燭和貼在手腕上的貼紙。裕珍剛剛搞到一塊鎮定香皂，既可以當香皂使用，放在手裡拿著也很有效果。裕珍說，放在手裡擺弄了十來分鐘，心情真的平靜下來……」

「講什麼蠢話呢？」

我皺起眉頭。這些話聽起來就跟販賣仿冒科學產品的人講得一模一樣，什麼可以利用腦電波提升專注力、什麼健康手鍊、什麼僅服用一粒就能定心凝神的藥丸……但這都是不可信的詐騙行為，或是需要處方才能在藥局買到的處方藥。

「真的很有效啦，大家都這麼說。你看裕珍手裡拿著的就是『心動』巧克力，她只吃了一塊就心動不已地說要等男朋友電話，這都過去三十分鐘了。」

「巧克力本來就能教人心動，跟什麼『心動』巧克力沒關係。」

「都說不一樣了。」

後輩嘆了一口氣。我也很想嘆氣。我覺得這就是面向潮人搞的一場騙局，但想到過不了幾個月，這些新產品就會被流行淘汰，所以覺得沒有必要懷揣無謂的正義感自討苦吃地跟她辯論下去。

有別於那些認為感情固體的產品具有實際效果的後輩，跟我一起入社的尹智友給出了不同的看法。

「不是有那種專門賣一些古怪東西的小店嗎？可仔細看的話，就會發現其實那些東西都沒有什麼功能，不過是為了刺激傑斗族（kidult）的收藏欲望罷了。我覺得這些產品也是走這種流行趨勢的。」

我的女友姜寶賢也喜歡收集小東西，因為她覺得每件物品都具有意義。她說看著展示櫃裡的東西，不但可以回想起旅行時走過的陌生小巷，還能喚起在小店裡猶豫不決、不知道該買什麼才好的心動。我真不知道記得這些有什麼用。也許這就是「情感的物質性」的營銷策略，他們把目標鎖定在喜歡賦予物品意義的消費者身上。

我很快便忘記了感情固體公司的事。因為最近面臨雜誌整編，我和主編不時發生爭吵，加上與寶賢的矛盾加深，我一直處在神經緊繃的狀態，所以別人是否靠擺弄漂亮的石頭獲取安寧或幸福，對我來說一點都不重要。

我和寶賢已經一個星期沒有聯絡了。我們住在同一個社區，平時下班以後會去彼此的家裡，或是一起去公園散步。因為每天都會見面，所以白天很少用手機聯絡，不過我們早晚都會問候彼此，這樣的日子已經快持續十年了。但我已經兩個星期沒有見到她了，而且過去的一個星期裡也沒有接到她的電話和簡訊回覆。

寶賢持續的沉默就像是在質問我：「你還不知道自己錯在哪裡嗎？」冷戰持續了兩個星期以後，不禁讓人覺得與其這樣，倒不如乾脆大吵一架或是大打出手。我心想今天必須見她一面，於是傳簡訊告訴她下班後會在公寓樓下等她。我上了車，握住方向盤的時候，收到了寶賢的回覆。

我在家附近的咖啡廳買了一塊寶賢喜歡吃的蛋糕，直到進門前，我都沒有想到會遇到那種狀況。就在打開門的瞬間，我聞到了一股奇妙的香氣。

「什麼香水這麼……」

我話剛講到一半，便看到了正在哭泣的寶賢，只見她的腳邊放著一個剛開封的箱子，手裡握著一塊藍色的石頭。寶賢像是哭了很久，她用那雙哭得通紅的眼睛看了我一眼，然後又看向了手中的石頭。濃郁的香氣竄進我的鼻孔，刺激著我的肺。

「這都是什麼？」

「憂鬱體。」

我看了一眼那個剛開封的箱子。我見過的，那是感情固體公司的「憂鬱」系列套組。

滿屋子的氣味教我感到頭暈，寶賢令人窒息的情緒似乎也傳染給了我。她一句話也沒有講，但也沒有迴避我。我心想此時的她需要安慰，我應該說點什麼，但以往的那種安慰有意義嗎？我走到她身邊，摟住了她的肩膀。

從去年年底開始，寶賢與父母持續的矛盾令她疲憊不堪。我和寶賢談了近十年的戀愛，彼此早已習慣了這種生活狀態，出於她堅定的意志，所以我們沒有選擇結婚。但寶賢的家風保守，全家人都很不理解她。自從叔叔病倒以後，家裡還一直向她施壓，教她乾脆回家幫忙照顧病人。寶賢的家人自然對我也很不滿意，有時我會接到陌生人打來的電話，還會收到指責我沒有責任感的簡訊。寶賢勸我把她家裡人的號碼都列入黑名單，左右為難的我在看到陌生人來電時，只好按下拒聽鍵了。

雖然我很想幫助寶賢，但我也無能為力解決現況，況且問題出在我們所經歷的感情疲勞上。我對既不希望我干預，也不自己尋找解決方案，只顧在一旁抱怨的寶賢失去了耐性。幾個星期前，我提出不如就按照家裡人的意思把婚禮辦了。反正住得這麼近，彼此的家裡也都有對方的東西，那還不如找個大房子搬去一起住呢。我知道寶賢希望維持獨立的生活，但我覺得這種程度的問題可以透過對話來解決。如果稍稍的妥協能夠解決持續的痛苦，那不是很好的方法嗎？面對我小心翼翼的勸解，寶賢生氣地說：

「靜夏，我們的關係不是結婚彩排啊。」

雖然我知道她為什麼生氣，但卻始終沒能理解她。我們的冷戰期似乎就是從那時開始的。

真教人傷腦筋。這都是些什麼該死的東西啊？

我打開窗戶通了好一陣子的風，哭累了的寶賢久違地在我身邊睡著了。但隔天早上醒來的時候，她卻不見了。我把抽屜櫃上的憂鬱體全部丟進垃圾桶裡，然後傳簡訊給寶賢勸她最好去醫院接受心理諮商。

上班時間，我努力把精力集中在工作上，儘量不去想寶賢的事。但那星期要我處理的工作卻遲遲沒有分配下來，我呆呆地望著電腦螢幕胡思亂想了起來，大家從我身旁經過時講的那些我根本不好奇的事也鑽進了我的耳朵。

比如，感情固體公司的消息。

情感的物質性正式上市不到一個月，便形成了一種社會現象。動作敏捷的雜誌早已刊登出了產品的相關分析內容和社長專訪，但採訪均為書面或電話形式，因此大家仍對社長的長相和個人情況一無所知。

「為什麼有人買『憂鬱』、『憤怒』和『恐懼』那種東西啊？」

「我也不清楚。」

手背上貼著「集中」貼紙的金裕珍聳了一下肩膀。

我不相信感情固體公司生產的東西有什麼效果，只是覺得這些東西跟所謂帶有療癒效果的精油或香氛蠟燭一樣，完全取決於使用者的心情。我的主要疑問是，「為什麼有人非買這種東西不可呢？」如果像是「幸福」和「寧靜」這種正面情緒的產品銷量好的話，至少還可以理解為大眾是在依賴安慰劑效應獲得安慰，但連負面情緒的產品也賣得很好，這就太奇怪了。

到底是什麼人為了讓自己變得憂鬱，花錢買這種東西呢？難道是因為太富有，所以連幸福都無處安放了嗎？我戴著有色眼鏡觀察起這種流行現象，因為之前親眼看到寶賢使用過憂鬱體，所以我對該產品的消息也變得敏感起來。但即便如此，我依然沒有想過要認真研究它的功效，畢竟這不過是一種營銷手法罷了。每次開編輯會議時，我都會固執地對新企畫提出反對意見，因此幾度提出想寫「情感的物質性」的後輩們立刻更換了主題。

感情固體公司先是利用 Instagram 打造人氣，接著迅速席捲了網路社群和各大報紙的文化版面。YouTuber 拍攝、上傳親身使用產品的影片，幾天後該影片便會出現在頻道上，而且網路上還大量流傳著利用各種產品錄製的綜藝節目的剪輯短片。

但也有很多人和我一樣，滿心懷疑地看待這種現象。當陳訴產品副作用的文章出現在推特和熱門看板上以後，新聞媒體才對此進行了報導，提醒人們注意「過度憂鬱」的情形。雖然尚未出現可以稱之為競爭對手的公司，但很多公司都對感情固體洗版各大網站產生了不滿，最終這些公司以虛假廣告為由投訴感情固體公司。很快，便傳出了食藥署展開調查的消息。雖然感情固體公司立即做出回應，並公開了產品通過安全性評估的結果，但始終無法消除消費者不斷產生的懷疑。

「前輩，你看這個。」

當看到那篇新聞時，我的第一個反應是：「該來的，終於來了。」新聞下了一個相當帶有刺激性的標題。

「十代青少年街頭『無故』鬥毆，背後隱存『憎惡體』……」

新聞報導了近期發生的青少年集體暴力事件，報導的重點放在「加害的青少年持有感情固體公司的產品」這個現象上，但我無法徹底認同他們的觀點。姑且先不談這種產品有沒有實際效果，敢問對流行敏感的青少年們哪有人沒有買過這種產品呢？因此我無法認同是憎惡體觸發了青少年犯罪的結論。

「他們不是因為憎惡體犯罪，而是先犯了罪，再拿憎惡體當藉口的吧？」

這些青少年就跟那些犯了罪、然後狡辯自己因醉酒而神智不清的傢伙一樣。有別於我不屑一顧的反應，後輩編輯們的表情都十分嚴肅。這也可以理解，畢竟對於深信產品存在效果的人來說，沒有比這更令人震驚的新聞了。偶爾，我在辦公室裡也會聞到奇妙的香水味，事後得知那是「寧靜香水」。我有時甚至覺得，似乎只有我一個人不相信那種產品的效果。

隔天，我在休息室目睹到裕珍把情感的物質性都丟進垃圾桶。裕珍見我目不轉睛地盯著她，露出了難為情的表情。

「幾天前，我也買了『憎惡』。因為覺得害怕，所以就扔了。」

「為什麼買憎惡呢？」

「嗯……只是覺得顏色好看，但我一次也沒用過。」

裕珍答非所問，但不管她是為了裝飾，還是為了追趕流行，購買理由始終是私人隱私。所以我沒有再追問，聳聳肩，問了另一個問題：

「那別的產品都還在用嗎？」

「嗯，最常用的是『舒適』，效果很不錯，感覺也沒有什麼危險。」

「真是神奇，怎麼大家都覺得這些東西有效果呢？你們也太單純了吧？」

我本來是想開一個輕鬆的玩笑，但話一出口卻變成了挑釁語調，連我自己也嚇了一跳。但裕珍卻回答得異常沉著，也許她之前就被問過這種問題，又或者她早就思考過這個問題。

「我覺得也沒有理由認為它沒有效果吧？例如，抗憂鬱的藥物也是經過驗證的，它影響人的心情和精神。而且研究表明，巧克力和紅酒也實際影響人的情緒。當然，感情固體公司並沒有公開這些產品明確的作用機制……」

「抗憂鬱的藥物可以使人心情變好，但聽說負面情緒系列的產品也很暢銷。」

「據說，負面情緒系列產品的實際使用量低於銷售量，大家購買不是為了使用，而是為了擁有。因為人們希望擁有隨時可以掌控在自己手裡的、能夠操控的情感。這都是在別的雜誌上看到的內容。」

「這個嘛，我很難理解。拿著那塊石頭又不等於真的擁有那種情感。」

裕珍撓了撓頭，陷入沉思，然後瞥了一眼丟在垃圾桶裡的東西。她看向仍舊愁眉未展的我，一本正經地說：

「雖然前輩無法理解，但我覺得物質性比想像中更吸引人。很多人會收藏看過的演唱會門票，會把照片沖洗出來掛在牆上，就算手機拍照再清晰也還是有人使用拍立得相機。即使電子書市場有所發展，但銷量最好的還是紙本書。大家都在利用串流媒體聽音樂，可還是會有人一直購買ＣＤ或黑膠唱片。據說，還有那種把喜歡的明星的形象製成香水出售的小店，但很多人買來也不捨得用一次。」

也許是我的表情顯得很傻，裕珍咧嘴一笑又補充了一句：

「重點是實際存在的東西，就算轉移視線也不會消失的、始終待在原地的東西。能夠感受到物質性，這本身就成了一個很有魅力的賣點。」

回到辦公室以後，裕珍給我看了她讀過的產品特輯報導，足足十幾頁的詳細分析內容，包括了每個系列產品的氣味、質感、建議使用的時間、味道和形態，以及每個系列產品的價格和各個要素會讓使用者產生的特定感情。我邊讀邊覺得這更接近於某種大型的表演或藝術，而且始終認為這種東西沒有任何實質效果，不過就是使用者在依賴安慰劑效應罷了。

報導引用了社會學者的評論和消費者的使用後記，以及明星們的反應。有人說情感的物質性是天才化學家的惡作劇，還有人說這是一種社會實驗。報導還附帶了利用感情固體的產品進行的雙盲試驗，以及具有實際效果和完全沒有效果的兩種實驗結果，分析設備得出的鑑定結果總是各不相同。

「我賭這東西沒有效果，妳呢？」

「我賭有效果。」

我和裕珍決定各出十萬韓元，賭一賭情感的物質性到底有沒有效果。

又過了一陣子，之前只要在電視上曝光就會立刻出現在熱門搜尋的感情固體漸漸淡出了人們的視線。我與寶賢的關係也讓我越來越痛苦。寶賢把自己的痛苦發洩在我身上，但轉眼便會立刻向我道歉。這種情況反覆上演，搞得我變得更加冷漠且無動於衷。其實我也想過，如果換作是我，應該不會像寶賢那麼痛苦。要不乾脆結婚，要不就為了堅守自己的信念徹底跟家人斷絕往來。或許是我難以隱藏這樣的想法，所以每次回答寶賢的問題時，語氣都很差。

我希望寶賢能藉助藥物，或是乾脆使用感情固體的幸福貼片，但她拒絕嘗試任何方法。我既擔心寶賢，同時也變得越來越鬱悶，甚至還對無能為力的自己感到很羞愧。我去寶賢家，當發現她還在購買使用憂鬱體的時候，不禁對感情固體的行銷手法感到惱羞成怒。難道不是人們誤以為這塊小石頭可以帶來安慰、可以控制感情，所以才放棄在現實生活中尋找解決問題的方法嗎？就算我對著那些石頭生氣也無濟於事，寶賢依然沉浸在痛苦中，而我也依舊束手無策。

一個月後的編輯早會上，我們圍坐在一起看到了一則令人震驚的網路頭條新聞：

「食藥署下令全面停售、回收感情固體產品……檢出含毒品成分」

這些產品的真相令人震驚。情感的物質性在一般的生活用品中摻雜了少量的效能物質，但該物質是一種類似精神藥品的新型化合物。在第二次進行的安全性檢測中發現，提取出的化合物能夠輕而易舉地越過老鼠的腦血管障壁，直接對中樞神經系統造成影響。

「竟然是毒品。」

裕珍喃喃自語，覺得這太荒謬了。她賭贏了，拿走了我的十萬元，但看起來卻不怎麼高興。

真不知道這算不算是萬幸，實驗結果表明中毒性和依賴性尚未達到危險等級。雖然有一部分人指稱產品有副作用，但最後查出存在著其他的原因。事實上，人們接受了情感的物質性所含有的化合物不會對人體造成太大危害的說法，該化合物並不是濃縮或純粹的藥品，而是極少的稀釋劑量，因此效果也微乎其微。正因為這樣，所以每個人的反應各不相同。但直到現在，我仍舊認為這些產品的效果很大程度上都是來自安慰劑效應或是集體幻覺。

本應歸類為毒品進行嚴格管理的藥物，搖身一變偽裝成了生活用品，這是非常嚴重的問題。既然已經檢驗出這些產品存在藥物效果，商家便無法再進行銷售了。由於大部分產品含有影響中樞神經系統的物質，所以情感的物質性被劃分進了毒品類，各個銷售點也都貼出了全面禁止持有及販賣該產品的公告。

儘管如此，但還是有人私下購買、使用這些產品，感情固體公司的快閃網店也乾脆把伺服器轉移到海外。食藥署發布消息後，雖然引起民眾的不滿和動搖，但不到一個月的時間就平息下來。在二手交易網上，經常可以看到高出原價的情感的物質性。為了躲避調查，店家不斷重複著上傳和刪除產品的動作。人們只是一開始對毒品一詞感到排斥，實際使用過的人並不覺得這種產品帶有危險性。人們沒有把情感的物質性視為一種威脅，而是把它當成了需要的東西。

我至今仍覺費解，那天怎麼會一眼就認出了坐在咖啡廳裡的感情固體公司的社長。那天我和寶賢在電話裡大吵一架後，開車到公司附近的咖啡廳。就在我站在櫃檯前準備買三明治的時候，一個坐在窗邊的男人映入我視線。

他身穿一件藍色外套，圍了一條怪異圖案的圍巾，桌子上放著一個用黑麥克筆塗掉商標的盒子。但我還是認出了那就是情感的物質性的包裝。男人熟練地取出東西，一邊端詳一邊在本子上寫什麼，然後又以熟練的動作把東西放回重新包裝好。我忘了買三明治的事，憑藉著直覺大步朝他走去。

「請問，您……」

男人猛地抬起頭，一臉警惕的表情。我鄭重地打了聲招呼，然後遞上名片介紹自己是某雜誌社的編輯。他的表情很微妙，看不出是安心還是不滿。

片刻過後，他才開口。

「您想問什麼？」

男人說，之前也有人認出過他，但自從情感的物質性被禁止銷售以後，他便很少出門了。像今天這樣在咖啡廳認出他來的人，我還是第一個。經過我的一番耐心勸說，他終於答應接受採訪。

「之前我只接受電話採訪，面訪還是第一次，但這也是最後一次。因為沒有人肯傾聽我的話，大家都只是冷嘲熱諷地提問罷了。可能你也是吧。」

我沒打算報警，只是想問他幾個問題而已。其實，連我自己都不清楚是不是真的想寫一篇關於他的採訪。我就像吸入「衝動體」一樣，接連提出了幾個問題。出於禮貌，我先詢問他公司是如何從製造文具轉型成情感的物質性？這個創意來自於誰？公司是否親自生產？他本人是否相信產品具有效果？

男人逐一回答了我的問題。他表示感情固體公司初創期的文具並不是他真正想做的產品，文具不過是為了推出情感的物質性而打下的基礎。很久以前，他就有了製造情感的物質性的想法，為了實現這構想，他請教過諸多化學家，也自學了合成化學，並且研究出能在中樞神經系統中發揮特定作用的新化合物。最終，他想到了合成機制。

我當初就不相信感情的物質性具有實際效果，所以對他講的話也是半信半疑，但也許關於產品的創意和化合物合成嘗試是真的，至於其他的事我就無法相信了。因為從他早前做過的眾多書面採訪的態度可以看出，他對產品的構思和開發過程敘述得有些誇大其辭。男人見我毫無反應，似乎察覺到我心存質疑，於是漸漸露出了疲憊的表情。我也意識到是時候該問我想知道的事情了。

「我也努力嘗試過去理解貴社的產品瘋狂熱銷的現象。從某種角度看，這和我們為了轉換心情去喝酒或是吃甜點一樣。我可以理解人們花錢購買幸福，即使那不是存在實際效果的幸福。但有一件事，我真的無法理解……」

男人斜眼看著我，但我只好奇他是否知道這個問題的答案。

「究竟為什麼會有人買『憂鬱』呢？為什麼『憤怒』和『憎惡』這些負面的感情銷量那麼好呢？真的有人肯花錢買這些感情嗎？當初您又是如何預想到人們願意購買這些負面的情感的呢？」

聽了我的問題，原本面無表情的他這才露出了另一種表情。但他沒有立刻回答，而是沉默了片刻。男人的嘴角微微上揚，露出像是看破紅塵的微笑，亦或者是在嘲笑我。他說：

「我覺得一直把消費看成購買快樂的行為很奇怪。在某些情況下，我們消費也是為了擁有情感。比如，一部電影總是會給你帶來快樂嗎？恐懼、寂寞、難過、孤獨、痛苦……即使是為了這些負面的感情，我們也會心甘情願地付出代價。所以說，這難道不是我們平時一直在做的事嗎？」

我一時啞口無言。乍聽之下他說的好像很合理，但仔細一想，仍覺得不是那麼一回事。我們透過消費想要獲得的，難道只有情感嗎？人類追求的不是意義嗎？只消費排除了意義的情感，難道不會使人類淪為單純地被物質所束縛的動物嗎？況且人類最初追求意義的行為，不也是一種為了抵達高次元的，而非最終的幸福的方法？

我又想到了很多問題，但卻無法草率地說出口。男人見我一語不發，很是得意。他的表情教人不快，我很想推翻他的說法。

這時，我突然想起了不久前愁眉不展觀看的新派電影。準確地說，我是想起了坐在我旁邊哭得天昏地暗、不停地用手帕擰鼻涕的中年女子。電影結束，字幕滾動的期間，我在做關於電影的筆記，那位女子坐在那裡抽泣了半天才離開座位。就在我納悶這麼無聊的電影是哪裡感動她的時候，她突然從包裡拿出電影海報像發瘋般揉成一團丟在地上，然後頭也不回地走了。我一頭霧水，愣在原地。對那位女子而言，電影的內容重要嗎？很奇怪的是，那一幕留在了我的記憶裡。

意義賦予在脈絡之中，但有時對一些人而言，需要的並不是有含義的眼淚，而是眼淚本身。

最後，我沒能問完問題，在複雜的心情中送走了男人。

幾個月後，轉移到海外伺服器的感情固體網站徹底關閉了。雖然聽說日本出現類似的產品，但無從得知是否出自同一人或是拷貝產品。

聽聞這一消息的當天，我在寶賢的抽屜櫃上又發現了幾十個情感的物質性，全部都是「憂鬱體」，旁邊還放有醫院的抗憂鬱藥物。我現在完全搞不清楚她是想沉浸在憂鬱裡尋死，還是想活下來了。

「我無法理解妳了。」

寶賢進退兩難，找尋不到出口。她曾深愛過的人們都在逼迫她，但即使這樣，也很難教人理解她選擇這種方式解決問題。

「憂鬱體」如何能解決她的悲傷呢？

「靜夏啊，你當然無法理解，因為你從未經歷過這些。我只是希望撫摸自己的憂鬱，把它放在手上。如果能品嚐它的味道，緊緊地握在手裡就好了。」

桌子上的手機響了。寶賢接著說：

「有些問題是無法逃避的，它比起固體，更像是氣體。每當呼吸無形的空氣時，我都覺得肺部在承受壓迫。我是被感情控制的人，還是支配感情的人呢？我既像存在於虛空中的什麼，但又不像。沒錯，我也知道，這些東西就像你說的那樣都是來自安慰劑效應或集體幻覺。」

寶賢把憂鬱體放在手裡握了一下，然後放在桌上。那是一個藍色的、堅固的、散發著奇妙香氣的、帶有柔軟質感的圓形小物體。

「但當這種幻覺結束以後，痛苦的粒子會七零八落，然後進入我的肺部。」

一塊憂鬱體從桌子上滾落下來，啪的一聲掉在了地上。

「這會是更好的結論嗎？」

我避開了寶賢的視線，所以不知道那瞬間她作何表情。持續不斷的手機震動如同短暫的悲鳴。片刻過後，寶賢起身走出房間，房門噹的一聲關上了，手機的震動也停止。我抬起頭。

此時，我感受到的是充斥著虛空的沉默。

說什麼才能安慰寶賢呢？就在那一瞬間，我醒悟到竟然找不到一個可以安慰她的詞彙。我感到胸口涼颼颼的，彷彿有某種重要的東西從我的內心溜走。我知道那不是什麼想法或觀念，而是實際存在的感受。

我這才隱隱約約地理解了她。

短暫停留後消失的香水味、沉悶的空氣、從門的另一頭傳來的抽泣聲、陳舊壁紙上的汙跡、餐桌歪斜的木紋、玄關門冰冷的質感和掉在地上滾了一圈後停下來的藍色小石塊，以及又一波的寂靜。

人怎麼會被物質性吸引住呢？

我靜靜地望著緊閉的房門，然後垂下了視線。

館內遺失

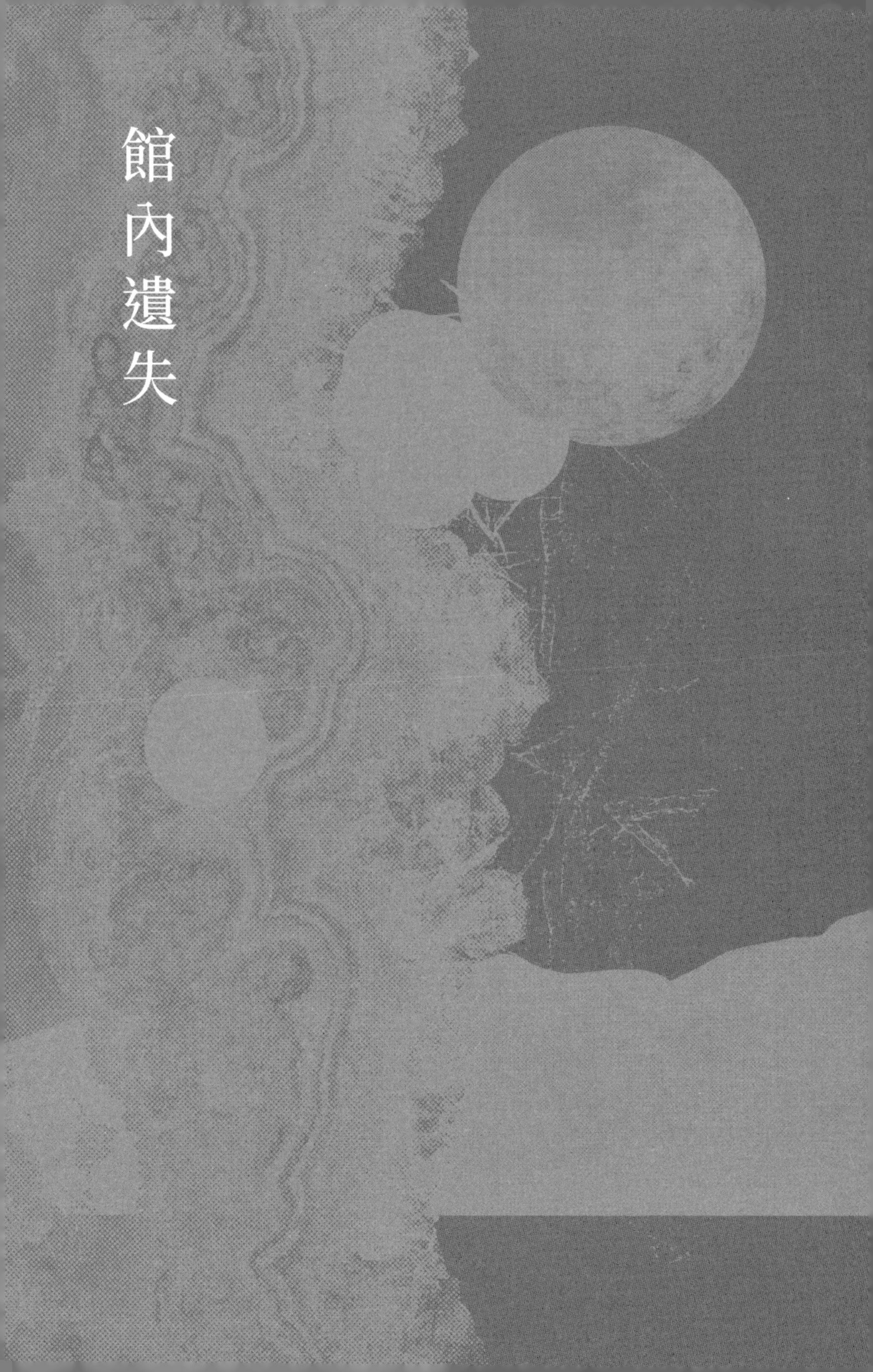

「好像是在館內遺失了。」

聽到圖書管理員的話，智旻皺起了眉頭。怎麼可能遺失呢？

「您這是什麼意思？」

「我的意思是……您要找的心智在圖書館內遺失了。我這裡搜尋不到結果，而且也沒有遷移紀錄。」

「這不可能，我明明是在這裡拿到這個的。」

智旻把手上的卡片翻過來又確認了一次。這張卡的確是在這裡申請辦理的，而且上面清楚地刻有複雜的固有代碼和名字。

「會不會是系統暫時出了問題呢？」

「對不起。不是系統的問題，我也是第一次遇到這種狀況……」

「那是？……」

智旻本想抗議，但看到管理員的表情只好作罷。

管理員一臉為難地注視著電腦螢幕，站在對面的智旻也能看到半透明的畫面，只見上面顯示出難以解讀的文字，但她看懂了中間的一行字。

「金銀河：2E62XNSHW3NGU8XTJ無效的資料欄索引」

片刻的沉默過後，管理員才開口說道：

「金銀河小姐肯定還在館內的某個地方，只是找不到了。」

母親失蹤了。

往生者失蹤是很罕見的事。母親在世的時候，智旻都沒想過她會失蹤，因為她是一個很容易被找到的人，就連她去世前幾年去過的地方都屈指可數。可這樣的她此時卻不知道在哪裡、何時消失不見。目前無法得知母親消失的時間點和位置，三年前她被記錄在這家圖書館，智旻直到今年才來圖書館。

這是智旻第一次來圖書館。圓形的屋頂和略低的地勢，環繞建築的庭院和池塘，與其說這裡是尖端技術的集合體，倒不如說更像是一處歷史悠久的觀光景點。走進建築的人中沒有一個人手裡拿著書，但人們還是把這個地方稱之為圖書館。

曾經被稱之為圖書館的場所中，一部分變成了博物館，沒有那種價值的地方則被電子化了。如今的圖書館屬於完全不同的概念，裡面沒有書籍和論文，也沒有任何資料。圖書館裡再也看不到成排的書櫃，取而代之的是一層層的心智連接器。

人們為了悼念親朋好友來到圖書館，悼念的空間漸漸變成了與死亡拉開距離的場所。過去的追慕公園占據了郊外大面積的土地，安置在那裡的骨灰罈先是轉移到靈骨塔，接著又轉移到圖書館。來圖書館的人裡，看不到手持鮮花的人，因為圖書館會出售可以獻給心智的資料。即，虛擬的花或食物，以及故人生前喜歡的物品資料。

死後心智上傳推廣普遍已是幾十年前的事了。最初，人們以為上傳心智是把故人的靈魂移植到資料裡，因為很多人相信即使肉體死亡，但靈魂永生。然而很快便有人反駁，反駁者表示，移植的資料不具備固有的自我和意識。因此以心智為對象，確認是否存在自我的實驗進行了無數次。經過長時間的爭議，學術界一致認為心智不過是煞有介事地重現了生前的人。也就是說，雖然心智看似對外部的刺激有所反應，但實際上這只是根據過去的記憶呈現出來的虛構反應罷了。

儘管學術界得出了這樣的結論，但還是有很多人把心智看成是活著的人。紀錄片裡的小朋友面帶微笑地說：「雖然爸爸不在這裡，但去圖書館的話，隨時都可以見到他。」在很短的廣告中，還可以看到一名女子透過心智連接器與生死離別的丈夫重逢的感人場面。

無論學術界如何定義心智，圖書館都改變了人們看待生與死的想法。雖然人們還是會畏懼死亡，但留下來的人們的喪失感卻發生了變化。他人的離開給我們留下了問題，比如：「如果他還活著，會對我說什麼呢？」、「如果他還活著，聽到這件事一定會很高興吧……」諸如此類的問題，如今都可以在圖書館裡找到答案。

三年前，去世的母親被記錄在這間圖書館。母親去世後，智旻按照收到的幾十張說明書上傳了母親的心智。但那之後，智旻一次也沒有去過圖書館，她從沒想過去見母親，也不知道見了面要說什麼。若知道母親會這樣莫名其妙地消失的話，就應該趁早來一趟。

回家的路上，智旻在手機裡輸入館內遺失、上傳心智遺失和標籤遺失等等的關鍵字，但始終沒有查到類似的案例。當詢問資料是否被刪除時，管理員給出了否定的回答，他稱心智仍儲存在圖書館的某個地方，只是查不到而已。但如果當初輸入的姓名和個資都正確的話，怎麼可能發生這種事呢？

管理員表示，當下無法得出結論，所以明天會再聯絡智旻。智旻希望這只是圖書館搞錯了。

俊昊聽到這件事，表情也陰沉了下來。

「會有辦法的，我們先慢慢打聽一下。」

俊昊望著智旻的眼神充滿了擔憂。

「這段時間很重要，妳不能因為這件事有壓力。」

智旻點了點頭。她從正在準備晚餐的俊昊身後走過，走進浴室。

智旻洗完澡，剛走進臥室，便看到顯示在玻璃窗上的醫院通知，通知再次提醒她懷孕初期的注意事項。

懷孕的第八週是危險期，自然流產多半發生在這段時期，所以孕婦必須多加小心。這些話智旻已經聽到耳朵長繭了。醫生還說，這段時期沒有孕婦可以服用的藥物，哪怕只是受到驚嚇或因為瑣事感受到壓力，都可能導致流產或對胎兒的發育造成影響。這等於是說，媽媽肚子裡尚未長成人形，甚至連正常的神經系統都沒有構建完成的細胞要比活生生的人還有存在感。

智旻沒有特意計畫過懷孕。準確地說，雖然她想過生小孩，但這種想法並沒有那麼迫切。看到比自己早結婚的朋友拿出孩子的照片，智旻除了覺得可愛以外，根本提不起其他的興致。對生命負責任，完全是另一回事，況且智旻沒有信心成為一個好母親，也沒有信心能為孩子做出更多的犧牲。

俊昊執著地說服智旻，懷孕和生產的痛苦相對過去已經減少了，如果沒有特別的問題，還可以使用幾乎無痛的分娩方式。

「開始是會吃點苦頭，但孩子很快就會長大的。」

這個決定似乎做得太草率了。自從丈夫把胳膊裡的避孕晶片取出來以後，智旻就開始後悔了，更令她後悔的是，她比預想中還要快懷孕。得知智旻懷孕的消息後，公司的同事們不再問候她，而是問候起她肚子裡的孩子。每當這時，智旻便會切身感受到自己成了孕婦。

智旻看到內褲上的血跡，嚇得趕快去了醫院，醫生建議她休息幾天。三天後，害喜變得更嚴重，智旻只好又多請了十天假。

休假第一天，智旻去了醫院，醫生以傳統的方式用聽診器給她聽了胎兒的心跳聲。胎兒求生的意志強烈，所以心跳的速度比孕婦足足快了兩倍。醫生笑著告訴智旻，她的心率正常，胎兒也很健康，但走出診療室後，她的表情卻僵住了。

哪裡出了問題嗎？胎兒還在肚子裡，而且也聽到了心跳聲，但為什麼自己一點也不激動，反倒有一種難以言喻的感情湧上心頭呢？最近，智旻在網路上讀到很多其他孕婦寫的文章，內容大同小異，都在表達自己有多幸福、多愛肚子裡的孩子。

但智旻卻沒有，原本以為看到胎兒的照片，聽到胎兒的心跳聲，就能感受到激動或是期待之情，但結果並沒有。這或許是因為智旻沒有得到過健康的愛，所以還沒有做好給予的準備，複雜的感情就這樣交織在一起。

母親走了。智旻覺得這件事不會再對她的人生造成任何影響了，但安放在記憶深處的、不管是有意識還是無意識不去回想的缺失感，最終還是如潮水般地淹沒了她。

智旻又想起其他孕婦們自然而然地聊起各自的母親：「不知道是不是荷爾蒙的關係，

我的心情很不平穩，總是想起我媽……」

那天，智旻想起了母親的「心智」還留在圖書館，但她不知道現在去見母親還有什麼意義，畢竟自己與母親建立關係的方式與其他人不同。智旻找出隨手亂放的卡片，在去圖書館的路上她也沒想好見面後要說什麼。智旻心想，隨便了，反正見到的也不是真人。說幾句埋怨她的話？問問她為什麼要那麼做？

事到如今，這些想法都無濟於事了。因為在智旻還沒有想好要說什麼以前，就收到母親遺失的通知。

智旻並沒有期待感人的重逢，她只不過是想確認母親是否在圖書館。或許正是因為這樣，所以才會覺得更加空虛。

圖書館還沒有打電話來。智旻猶豫了半天，最後先打了電話。

「您要找宋智旻小姐？」

「宋智旻是我的名字，我要找的人是金銀河。昨天我去的時候，沒有找到，你們說確認以後會再聯繫我。」

「請您稍等一下。」

話筒裡傳來交談和敲打鍵盤的聲音，智旻耐心地等待著。俊昊看到智旻手握話筒，緊閉雙脣，歪著頭走進了臥室。這時，電話另一頭說道：

「對不起。您能再來一趟圖書館嗎？情況有點複雜。」

智旻來到圖書館說明情況後，與她通過電話的管理員從座位上站了起來，隨後把一個消瘦且一臉疲憊的男人叫了過來。男人介紹自己是圖書館資料庫的管理員，智旻和俊昊跟隨他走進了位於圖書館最裡面的小房間。那是接待訪客的場所，房間裡擺放著兩張沙發和一張桌子，桌子上放有幾款零食。

「先請坐，這件事說來話長。」

男人一臉為難的表情。

「嚴格來講，這並不是我們的疏忽或管理不善的問題。這種情況十分罕見，那天我們的員工似乎沒有把這件事解釋清楚。」

男人與智旻四目相對，他像是在思考怎麼才能讓智旻理解這件事。男人平靜地說：

「就結論而言，是有人故意把您的母親從搜尋網中分離了出來，刪掉了索引，但這不等於刪除了資料。如果是刪除或把資料從圖書館遷移出去的話，一定會留下紀錄的，但您的母親並不在刪除目錄裡。」

有人故意為之？

「您的母親仍在圖書館的資料庫裡，只是不知道具體位置。之前，管理員說的『館內遺失』就是這個意思。但老實講，現在沒有能找到她的方法。據我們推測，在有權限連接金銀河小姐心智的人中，有人刪除了所有可以搜尋到她的索引。如果不是您的話，那很有可能是家裡的其他人，因為刪除索引是超出我們權限的事情。」

智旻越聽越覺得一頭霧水。她反問道：

「刪除索引是什麼意思？既然心智還在資料庫裡，為什麼找不到呢？搜尋資料不就可以嗎？」

「所以說我們需要向您具體解釋。兩位可能也對敝館略知一二……」

男人拿起桌子上的杯子，喝了一口水。

「圖書館會透過上傳心智來儲存故人的記憶和行動模式，但這與單純的文字和影片等能夠進行簡單分析的資料不同。心智相當於一個人的一生，是非常龐大且深奧的資訊總和，是透過掃描超過數十兆的大腦突觸連接模式和心智模擬測試得出的結果。」

男人拿起平板電腦向他們展示了圖書館的宣傳片，智旻沒有特別關注影片，繼續聽男人說道：

「因為記憶是以無法語言化的型態儲存起來的，所以很難直接搜尋心智資料，而且目前，解讀突觸模式還很不穩定，因此我們才會採用在每個心智上添加索引的方式對其進行分類。如果兩位之前有去過舊式的圖書館的話，想必應該見過管理員按照附在圖書上的小標籤對圖書進行分類。光是紙本書，就因為龐大的資訊量難以透過單純的文字進行查找，所以才會利用書名、作者和核心內容設定出幾個關鍵字來進行查找。」

智旻沒有去過舊式的圖書館，但她隱約記得小時候見過別人從圖書館借閱的書籍的書脊下方都貼有各種顏色的標籤。

「心智圖書館也是一樣的，每個心智都附有為了識別而設定的索引。這一固有的識別代碼主要由任意字母和數字組合而成，此外為了應對找尋不到代碼的情況，我們還會添加故人的姓名和生前的居住地址，以及在家屬的同意下追加蒐集親朋好友的身分編號。一般情況下，即使遇到問題或錯誤，只要有這些資訊幾乎都可以找到資料。

但您母親的情況……」

「因為全部索引被刪除，所以很難找嗎？」

「是的。現在能夠確認的是，按照您持有的這張卡和個資搜尋不到任何心智。不過還是有一線希望的，因為資料本身沒有徹底刪除……建議您最好先和家裡有權限的人了解一下情況。」

「那是否有盜用權限的可能性呢？」

「連接心智或修改資訊時，必須通過幾個人體鑑別階段，因此盜用的可能性極低。」

說到智旻的家人，只有七年前斷絕往來的父親和很少聯絡的弟弟。會是誰呢？

「但你們為什麼對這種事袖手旁觀呢？怎麼可以讓人刪除索引呢？」

俊昊覺得很荒謬，開口問道。智旻也是同樣的想法。

「遺屬有權更改任何有關連接心智的權限設定，就連刪除也可以。最初上傳心智的時候，我們曾向您進行說明過。」

「就算是這樣，但這和刪除有什麼區別呢？無法連接，就等於毫無意義。這麼重要的事情，竟然在沒有徵求其他家屬的同意下擅自進行，這說得通嗎？」

雖然智旻也追問了一句，但得到的依然是理屈詞窮的回答：

「我們感到很抱歉，但這與刪除是絕對不同的。雖然無法連接，但心智本身還是儲存在資料庫裡的。這就好比對活著的人而言，死亡和失蹤是完全不同的兩件事一樣，希望您可以這樣理解。心智不是單純的資料。」

話雖如此，但站在智旻的立場來看，見不到母親就等於是刪除了資料。為什麼有人偏偏以這種方式對待母親的心智呢？智旻可以猜測出是父親和弟弟誰做了這件事，但卻怎麼也想不明白這麼做的理由。

男人又開口說道：

「看來遺屬之間似乎沒有達成協議。我們沒有考慮到這種情況，通常只有在刪除心智的時候，我們才會向遺屬確認是否達成協議，因為更改部分索引是很常見的事，所以這一環節……」

不能就這樣算了，但就在智旻打算繼續追問下去的時候，一旁忙著講電話的職員突然把平板電腦遞給了男人，坐在對面的智旻和俊昊看不到上面顯示的內容。

智旻靜靜地看著對面竊竊私語的兩個人，感到想哭的同時也覺得很內疚。母親是何時消失的呢？如果在她走後馬上來圖書館的話，是否就能見上面了呢？

竊竊私語的兩個人漸漸提高了嗓門。

「現在還處在測試階段，這不太可能吧？」

智旻和俊昊一臉詫異地坐在那裡，聽著根本無法理解的技術性對話。

「在這個過程中應該會有損傷的可能性。好吧，那就先申請許可好了。」

男人轉過頭看向智旻和俊昊，他的表情發生了變化。

「我們也許可以找到辦法。」

「為什麼要找媽媽？妳又不關心她。」

約在咖啡廳見面的弟弟剛看到智旻，沒好氣地說。

圖書館的人表示，等討論出解決方案以後會在幾天內聯絡她。接到電話的當晚，智旻立刻給弟弟裕旻打了電話，面對一無所知的弟弟，智旻提議約出來見一面。

久未見面的弟弟絲毫不關心母親的下落。

弟弟也和智旻一樣，期間一次也沒有去見過母親，他比智旻更早放棄了母親。裕旻對母親的感情早已淡去，比起母親的失蹤，他更好奇事到如今智旻非要見母親的理由。

「反正那又不是真人，也沒有像墳墓或骨灰一樣真的留下什麼。不過就是些影片而已，看到影片做出反應的確會感覺不一樣，但也沒有宣傳的那麼了不起吧。我覺得這就是誇張不實的廣告。」

如果不是這次遇到遺失事件，智旻也會認同弟弟的說法，但這和單純的影片檔遺失不同。

「話是這麼說，但還是覺得心裡不舒服。如果是從前，這就等於未經遺屬同意擅自移走棺木。」

「聽妳這麼說還真有點可怕。也是啦，我看有些人把那當成真人對待。我怕起雞皮疙瘩，所以連那附近都沒去過。」

「圖書館的人也不認為那只是單純的資料。」

「嗯，親眼看到的話，是有可能改變想法。但妳為什麼要見她啊？這麼突然？」

裕旻的視線看向智旻。

「非要特別的理由嗎？」

「倒也不是，可妳不是很討厭媽媽嗎？」

裕旻看著無言以對的智旻搖搖頭，移開了視線。

所謂的母女關係，通常被形容為一種愛憎交織的關係。母親既愛女兒，同時又把自身投射在女兒身上，然而女兒卻拒絕重蹈覆轍母親的人生。存在善良小孩情結的女兒和錯誤表達感情的母親。雖然母女共享著女性的人生，但因為生活的年代不同，因此在她們之間存在著其他關係中所沒有的微妙感情。有一段時期，智旻也覺得自己與母親之間存在這種依附關係和複雜感情。

但這種時期早早地結束了，至於是什麼時候結束的，智旻也說不清楚。

智旻出生後，母親罹患了憂鬱症。據說，很多產婦在產後都會罹患產後憂鬱症，而且病情還會隨著育兒加重。但大部分的人都只是暫時的現象，隨著孩子漸漸長大不再依賴母親以後，病情也便自然而然地消失了，有的人則會藉助藥物治療和心理諮商來解決問題，但智旻的母親卻始終未能恢復從前的狀態。父親對這樣的母親不聞不問，因為他覺得母親原本就是一個性格敏感的人，所以絲毫沒有在意這件事。母親的病情越來越嚴重，不知從何時起母女的關係也惡化到了無法挽回的地步。智旻討厭母親的執著，更難以忍受她像控制私人物品般對待自己。母親變得越來越脆弱，但這究竟是因為憂鬱症，還是因為母女關係的破裂呢？最初的原因是什麼，智旻找不出明確答案。但不管怎樣，有一點可以肯定的，那就是從某一天開始，銀河和智旻彼此放棄了對方。

智旻認為母親一蹶不振的契機是產後憂鬱症，因此從這一點來看，或許自己身上存在著某種原罪。如果母親沒有生下自己，那她的人生是否會安然無恙呢？這種愧疚感和身為女兒不應該受到如此待遇的想法在智旻的內心相互衝突著。

「我是曾經恨過她，但如今再抱怨也無濟於事了。」

智旻以不確信的態度說道。

兩個人都沉默了，智旻一邊喝著冰塊已經融化的紅茶，一邊回想著母親生前的樣子。裕旻說的沒錯，記憶中的母親一直都背對自己坐在那裡發呆，所以根本沒有留下快樂的回憶。

腦海中浮現出了鮮明的記憶。那天智旻推開房門，首先進入眼簾的是倒在地上的茶几桌，接著是倒在床上的電燈和散落一地的藥丸。剛才又發生了什麼事？母親看到智旻大吼道：

「宋智旻，妳現在也跟妳爸一樣無視我的存在是吧？妳為什麼不接電話？」

智旻不知道說什麼才能讓母親鎮靜下來。因為跟朋友多待了一會兒，所以回家晚了，但當時也不過晚上九點多而已，她知道就算解釋，也只會招致母親神經質的指責。如果智旻有錯，也只是沒接母親的電話，但她也有自己的苦衷。她知道接起電話，就得聽到母親的大吼大叫，這會讓自己再次感到窒息的。

「妳真是遺傳了那傢伙該死的基因。我這麼盡心盡力做好當媽媽的本分，可你們這些做孩子的卻都跟他一個模樣……」

智旻按捺住就要爆發的內心說：

「媽，妳為什麼還要在家裡撐著呢？拜託妳去住院吧。堅持不去住院的人是妳，這算什麼當媽媽的本分啊？」

母親晃動的視線望向智旻。

「我們不需要妳做家務，不需要妳做飯、洗衣服和洗碗，我們只想跟妳分開。求妳了！」

面對嘲諷自己的女兒，母親的表情變了。每當母親做出受傷的表情時，智旻都會感受到病痛般的悲傷。

母親總是以受害者自居。既然這樣，就不要對大家大吼大叫、破口大罵地詛咒父親。只因為家人一個小時不接電話就吼叫的話，那為什麼不分開住呢？母親正常的時候，會說我愛你，可為什麼一轉身又說是子女毀了她一生呢？如果早點對彼此死心，當對方不存在的話，大家會不會都好受些呢？真不知道問題到底出在哪裡。

母親還在流淚。

「為什麼妳不明白呢？我這都是為了妳……」

「除了我，妳什麼都沒有嗎？我好累！與其這樣，妳還不如放棄當媽媽的本分呢！」

看到母親的表情，智旻覺得自己快要崩潰了。一股衝動油然而生，她恨不得剪掉那最後一條連接著彼此的細線。

那是智旻記憶中最後一次與母親的對話。之後沒過多久，母親住進了醫院，智旻大學中途輟學離開了韓國。

看到智旻的表情越來越陰沉，裕旻用手指敲了敲桌子吸引她的視線。

「妳也真是奇怪。如果換作是我的話，肯定會想忘掉這些事。」

智旻回想起最後的瞬間，母親淒涼的表情在她的記憶裡反覆地回放著。與此同時，她也想到自己肚子裡心臟跳動的孩子。即使現在沒有對這個小生命產生任何感情，但總有一天要給予他愛吧？母親有愛過我嗎？那是真的愛嗎？難道我們不是因為相信母女之間必須要建立互愛的關係，才會讓彼此變得更加不幸嗎？

但這裡有一個問題，那就是母親的消失遠比想像中更讓智旻感到困惑。

組長找來智旻告訴她工作已經分配完。智旻還以為會接到新的項目，但實際上負責的工作並沒有任何變動，現在進行的項目也已經進入尾聲，所以只要定期匯報現況就可以了。看來組長是考慮到她很快就要休產假，所以暫時不打算交辦她新的工作。

「不管怎麼說，有了孩子肯定會把精力放在家庭上。這些我都有考慮過。我知道妳在工作上有很大的野心，但我覺得媽媽親自照顧孩子，才有益於孩子的情感成長。妳也是這樣想的吧？」

年長智旻十歲的組長面露羞澀，解釋了分配工作的考量。想到這是組長為了自己著想，智旻便也沒再多說什麼。

一整天智旻都在處理休假期間累積的工作，就在下班前整理明天要做的事情時，電腦螢幕一角彈出了視訊通話的訊息，但這通電話跟工作沒有任何關係。

智旻環視了一圈周圍，然後戴上耳機，接起了圖書館打來的電話。

「請問是宋智旻小姐嗎？」

男人介紹自己是圖書館研究企劃部的研究員，接著直接進入了正題：

「之前我們提到的方法，希望採用新開發的心智搜尋技術幫您尋找母親。請問您的意向如何？」

男人見智旻眨了一下眼睛等待他做出說明，於是乾咳了幾下開始冗長的講解。

正如智旻已經聽聞的那樣，心智並不是一個單純的資料整合。雖然只限制死後上傳心智，但各種問題錯綜複雜地綁在了一起，其中最關鍵的問題仍舊是大腦的突觸模式要如何建立自我。目前，心智上傳的方法是利用高畫質掃描大腦的突觸模式，再透過虛擬技術具體呈現出來。因在掃描的過程中會損傷大腦，所以上傳心智的對象只限於腦死狀態和宣告死亡的人，以及判定沒有生存可能性的患者。

雖然科學家們在呈現虛擬心智上取得了成功，但仍未達到理解其內部個別資料的程度。有別於普通的資料，物理神經細胞可與所有神經元相互連接，因此從理論上看，人類的腦中存在著數以千億計的連接。上傳心智這項高階技術之所以仍停留在只能取代靈骨塔的水準，是因為尚沒有掌握那些突觸模式代表的具體意義。學者們將突觸模式中的想法、記憶和對外部的反應等構建自我的流程統稱為「思考語言」。但關於思考語言的研究仍有很長的路要走。

研究員透過圖表和圖片向智旻附加解釋了心智技術的原理，並且指出這就是為什麼迄今為止只能依賴設定的固有索引進行心智搜尋的原因。例如，人們之所以能夠輕鬆地搜尋到被資料化的文字、文章、圖片、影片和音樂等媒體，是因為只要輸入相同形態的信號就可以了。但搜尋心智資料，則必須搜尋心智儲存的形式，也就是說必須搜尋突觸模式本身。此外，即使可以搜尋到某種突觸模式，但在龐大的心智海洋中，僅憑一、兩條線索來搜尋特定的人物幾乎是不可能的事情。

「我們這次準備嘗試另一種連接方式。以儲存的心智為基礎，另外開發出標準型的虛擬人工大腦，然後透過記錄人工大腦所受到的外部刺激來形成突觸模式。」

採用新開發的虛擬技術，就可以將特定的狀況或物品以上傳心智的方式進行資料化，這樣建立起來的資料便可以模仿出在神經細胞相互作用下形成的突觸模式了。新的搜尋技術就是將這種模式作為一種輸入信號來進行搜尋。這樣一來，在輸入該模式的時候，出現最強烈的相互作用的心智便會條列出來。

「但這種標準型模擬大腦並不適用於所有人，因此存在侷限性。輸入的信號必須與相應的心智有非常密切的關係，越是能鎖定個人的物品或狀況，越容易搜尋。搜尋時需要大量與故人相關的資訊，這樣才能刺激更多的記憶。」

「所以你們具體需要什麼呢？」

「我們在測試階段通常會利用遺物，但不具備特別意義的遺物成功率很低，像是照片，故人通常不會在記憶裡留下對那個場景深刻的印象……如果是類似的物品，或許可以透過連續掃描提高機率，但如果這些物品與故人沒有什麼關聯性的話，也很難保證會成功。目前我們也還處在內部測試階段，所以很難準確地告訴您具體需要什麼，這個問題只能交給最了解金銀河小姐的您了。每個人的人生都是獨一無二的，所以能與記憶產生強烈相互作用的物品也都不一樣。」

研究員建議，比起能夠直接資料化的特定文字或影像，最好帶一些實體的遺物來圖書館，因為人的視覺、觸覺和嗅覺等感官記憶對連接也很重要。

越是與記憶相關的物品，越是能提高成功的可能性。但是在這個人人都購買工業製品的年代，真的能找到特定個人的物品嗎？研究員提供了測試過程中成功的物品目錄，其中大部分都是故人親手做的，或是對本人具有特別意義的東西。據說，不久前透過掃描一位生前愛好皮革工藝的人的作品也取得了成功。研究員還舉了其他例子。比如，一生珍藏的配偶送的手錶，或是傾注真心互相交換的信件等等。研究員還提到，如果故人生前有過工作經驗的話，也不妨利用他留下來的成果進行嘗試。

聽了研究員的說明，智旻點點頭。她心想，就算跟母親的關係不好，但至少應該能找出一件東西吧。

那天下班回到家，智旻立刻找出母親的遺物箱。母親走後，賢煜把遺物箱寄給了智旻，她只知道裡面裝的都是雜物，但從沒有仔細確認過都是些什麼東西，她甚至沒想到日後會因為這種事打開這個箱子。

上傳心智取代了過去的葬禮文化和靈骨塔之後，把遺物放在骨灰罈旁邊的文化也隨之消失。如果不是對遺屬有特別意義的物品，所有的遺物都會進行報廢處理。滿箱子母親的遺物，智旻覺得這肯定是因為賢煜根本沒有仔細整理過裡面的東西。

箱子裡裝有母親穿過的衣服，看到大衣、帽子和毛衣，智旻不禁想起母親離開的那個冬天。那時的智旻身在南半球，她在炎熱的暑天收到一封簡短的訃告郵件。看到那封郵件時，智旻的心情十分複雜，感覺好像對於母親的所有怨恨和思念都被抹去了一樣。

在逐一取出衣服、手錶和舊首飾時，智旻還覺得能從中找出一件有意義的東西，但直到清空箱子也沒有發現一件能鎖定母親的東西。

智旻回想起母親偶爾會看書，但她看的都是電子書，以遺物來講沒有什麼意義，況且又不止一、兩個人讀過同一本書。她還有什麼興趣呢？智旻再也想不出來了。對於小時候的智旻來說，母親就只是母親，但隨著漸漸長大，她開始意識到自己與母親是分開的個體，也就是在那時，母親被層層的無力感包圍住。

在生下自己和裕旻之前，母親的人生是怎樣的呢？在智旻的記憶裡，她一直就只是母親而已，所以從沒思考過母親作為「金銀河」的那段時光。

記憶中的母親總是待在家裡，因為她沒有什麼特別的興趣，所以留下的東西就只是一些日常生活用品。

母親也沒有特意留下什麼給智旻，除了兩件智旻剛出生時穿過的紗布衣和一張在照相館拍的面帶尷尬微笑的全家福照以外，再也沒有別的東西了。

母親就像不存在的人一樣，只留下微不足道的痕跡，然後就此消失。如今，再也沒有這個人了。

智旻抱著一線希望又翻出家裡的雜物。雖然搬過幾次家，但有一個箱子一直留在身邊，裡面多是她小時候用過的東西，還有高中時恨不得趕快獨立的自己和朋友在課堂上互傳的紙條。她還找出存在硬碟裡、按照年度排列的備份照片和影片，但也沒有發現任何有用的內容。自從離開家以後，智旻再也沒有見過母親，所以身邊沒有留下多少小時候的照片和影片。出於數位檔案的特性，如果不仔細整理儲存的話，檔案很容易消失。但也因為那段時期過得不幸福，所以沒有留下什麼紀錄。

可就算是這樣，也不至於……為什麼直到二十歲的這段時間裡，沒有留下過任何關於母親的痕跡呢？無論是母親的遺物箱，還是智旻保管的物品中，竟然都沒有一件可以鎖定母親的東西。

在索引被刪除以前，母親早就從這個世界被分離出去了。

儘管智旻點閱小時候寫的日誌檔和郵件，翻看了幾千張照片和偶爾拍的影片，但始終沒有找到提及母親的內容。有的只是智旻在自拍時，母親不小心入鏡的側影、特意拍的全家福照和影片裡錄下的母親的聲音。

「你那裡有媽媽的遺物嗎？」

螢幕另一頭的裕旻回答說：

「我怎麼會有那種東西。」

裕旻露出苦澀的笑容，他在比智旻還更小的時候離家，自然不會有母親的東西。

裕旻看到智旻愣住的表情，開口說道：

「我找找看。」

「那個，裕旻啊。」

「嗯？」

「媽媽什麼都沒有留下。」

裕旻愣了一下。智旻尷尬地笑著說：

「這都怪我們一家人的關係太糟糕了。」

「但我們和她一起生活了二十年，怎麼可能什麼都沒留下呢？」

「這重要嗎？事到如今，這有什麼可大驚小怪的。」

裕旻呆頭呆腦地補了一句：

「妳聯繫一下宋賢煜，他要是有良心的話，應該會留下什麼吧。」

掛斷視訊電話的智旻洩了氣，癱坐在沙發上。事到如今，她並沒有想同情母親，她只是好奇為什麼母親要選擇孤立自己呢？為什麼執著於女兒呢？是什麼原因導致母親陷入困境的呢？難道母親是迫不得已才沒有留下任何有意義的痕跡嗎？

母親在無人問津的圖書館裡會想些什麼呢？會覺得那裡是屬於自己的歸所嗎？

智旻打開電視，不停地換臺，斷斷續續的聲音講述著不同的故事，隨即消失在空中。

突然，智旻的視線固定在畫面上，某節目正在討論關於上傳心智的事。智旻放下了遙控器。

「是什麼物質構成人類靈魂的呢？自從出現了心智圖書館，這應該是管理員們最常被問到的問題。」

四名男嘉賓圍坐在一名女主持人的兩側，正以心智和靈魂為主題進行討論。其中一名嘉賓指出，大腦活動可以用電性突觸與化學性突觸的互聯來解釋，構建心智之所以能夠取得成功，是因為可以透過電性突觸將大腦中的多種化學性突觸、胜肽和神經傳達物質的影響進行資料化。女主持人提出了疑問：

「但最近的研究結果卻是否定的。隨著觀察到掃描的突觸模式不會再發生可塑性變化以後，越來越多的人認為心智不等於靈魂。一個人的自我會不斷發生改變，伴隨著成長、學習、反應和老化進而逐步形成自我認同。如果是這樣的話，不變的心智就不是靈魂本身，難道這不應該視為一種在死亡當下被固定的意識嗎？」

嘉賓們以目前學者們正在研究的主題為例，強調了未來徹底理解心智的可能性。但假如我們能夠徹底理解思考語言，並能透過改變突觸模式的方法刺激大腦的話，那儲存在圖書館裡的心智就能擁有靈魂和自我嗎？雖然他們失去了肉體，但仍是活著的嗎？如果他們存在視覺、聽覺和嗅覺，可以感受到刺激的話，那是否能把他們視為與圖書館外面的人不同的存在呢？

嘉賓們提出大同小異的問題，但卻沒有得出任何實質性的結論。節目的最後，主持人也只是含糊其詞地說，雖然我們尚不知道問題的答案，但學者們仍在積極地進行著思考語言的研究。

智旻又回想起了母親，她難以相信母親會同意上傳心智。如果是記憶中的母親，那她肯定希望徹底消失、絕不可能留下心智，哪怕那只是被固定的意識而已。

況且，智旻也很同意弟弟裕旻對心智的看法。就算這項技術可以模仿生前的人，但讓活著的人以常人的心態去面對擁有另一種自我的他們，的確是一件教人心裡不舒服的事情。

想到母親被刪除的索引和生前的樣子，智旻的思緒又亂成了一團。

討論節目淡出黑色的畫面，最後只出現一段旁白：

「但我們可以肯定的是，這些心智以自己的方式記憶著生前建立的關係、與他人共享過的點點滴滴和留在他人腦中的、留在世界上的痕跡。即使我們永遠找不到心智與自我之間關係的解答，但我們仍可以透過心智更清楚地了解他們的人生。」

智旻站了起來。

即使連接斷了，資料還會儲存在圖書館嗎？即使人生中斷，生活依然可以繼續嗎？這些問題在智旻的腦海中揮之不去。

智旻決定親自去一趟賢煜家。

賢煜最後一次聯繫智旻是為了告訴她母親去世的消息。智旻對於賢煜的記憶可以說比對母親的記憶還要少，因為他總是忙於工作。母親的病情惡化以後，他非但沒有照顧母親，反而選擇不回家。在智旻心中賢煜等於是一個不存在的父親。在抵達賢煜家門口以前，智旻想過好幾次不如調轉方向。按了門鈴以後，她突然覺得口乾舌燥。

稍後門開了。智旻看到一個比印象中更年長，眼睛凹陷且滿是魚尾紋的男人出現在面前。自從離開韓國以後，這還是他們父女第一次見面。

父親住的房子又小又暗，智旻跟隨賢煜走進客廳。賢煜問坐在沙發上的智旻：

「現在來找我做什麼？」

智旻沒有回答。賢煜呆呆地望著女兒，然後轉身走進廚房泡了一杯茶。直到杯裡冒出的熱氣消散、口乾舌燥的智旻喝了一口茶後放下杯子，父女之間始終保持著沉默。智旻先開了口：

「我去了圖書館，有人刪除了媽媽的索引。是你吧？」

「是我。」

智旻緊咬嘴脣。

「那是妳媽拜託我做的。」

賢煜說。智旻欲言又止，乾脆閉上了嘴。

「本來她堅決反對留下心智。」

賢煜平淡地說。

「我說服她這又不是保留意識，雖然她同意上傳心智，但提出了一個條件，希望世界徹底遺忘自己。那是妳媽最後的囑託，我只是照做而已。」

過去賢煜有把銀河當成一個人，而不只是孩子的母親嗎？就算有那也是很久以前的事了。

「我要見媽媽。」

智旻強忍住激動的情緒說，為了尋找母親需要他的幫助。

「為什麼想見她？」

賢煜問道。智旻一時無言以對。最初只是衝動使然，但在得知母親遺失以後，智旻改變了想法。片刻的沉默過後，智旻低聲說：

「我太不了解媽媽了，現在也還有很多事情不清楚。」

智旻覺得就算她不是一個好母親，但也不能讓她像從未存在過的人一樣消失。

賢煜把智旻帶到閣樓，說那裡保管著母親的遺物。

本來以為賢煜早把與母親有關的東西都扔掉了，但沒想到閣樓還保管著很多東西。不過大部分的東西與其說是母親的遺物，倒不如說更像是沒有用的雜物。裕旻和智旻小時候的相簿、玩具、衣服、課本和一本舊舊的育兒日記。智旻拿起那本育兒日記翻了幾頁，雖然只有一個月左右的紀錄，但內容十分詳細。看來母親並不是在產後立刻罹患憂鬱症的。也許，她曾經是一個好母親。

但賢煜保管的這些東西，也都不是關於金銀河本人的。智旻心裡很不是滋味，她轉過頭看向賢煜，賢煜面無表情地站在那裡靜靜地注視著她。

「只有這些嗎？」

賢煜指了指閣樓另一側的書櫃。

書櫃裡的幾十本書都是食譜和與育兒有關的實用書。如今的電子書徹底取代了紙本書，但母親年輕的時候還是有幾家出版社出版的紙本書。智旻感到意外的是，賢煜竟然沒有丟掉母親的這些書。

智旻仔細翻閱那些書，但還是難掩內心的失望之情。利用這些書根本不可能找回母親的心智，就算紙本書很罕見，但只是翻看過幾次的書而已，怎麼可能給母親留下特別的記憶呢？

不管怎麼找都沒有能派上用場的東西，智旻心想不如把只有幾頁的育兒日記送去試一下，也許還能有一線希望。

就在智旻轉移視線的時候，突然有幾本書進入了她的視野。

只見塞滿書櫃的實用書中，有四本書名像是小說的書籍，而且保管狀態看上去也比其他書籍好很多。也許母親買來，但從沒看過？在智旻的印象中，母親並沒有很喜歡讀小說。

智旻流露出失望的神色，把書又放了回去。這時，賢煜開口說道：

「妳媽一次也沒提過嗎？」

「什麼？」

賢煜教智旻看一下書的最後一頁，但除了印有出版社名字的空白頁和封底折口以外什麼也沒有看到。智旻仔細看了一遍封底折口上的圖書目錄，也沒有發現母親的名字。賢煜到底讓自己找什麼呢？智旻又往前翻了一頁。

賢煜點了點頭，示意她就是那一頁。智旻移動的視線突然停了下來，她看到一個印有封面插畫的小書籤。

智旻拿起書籤，接著看到被書籤遮住的幾個字。

封面設計金銀河。這是她十天來第一次看到母親的名字。

賢煜說：

「這本書是妳媽媽工作的出版社出版的，現在很難再找到這種紙本書了。」

智旻問道：

「媽媽做過書？」

「妳出生以前，她都在做書。」

竟然在意想不到的地方找到了索引。

智旻從沒認真思考過母親過去的人生，她曾經在哪裡工作、歸屬於哪裡、以自己的名字做過什麼，因為在她的印象中，母親一直都是面無表情地待在家裡。這麼理所當然的事，為什麼從沒思考過呢？在生下自己以前，母親也有過自己的人生。在尚未套上名為孩子的枷鎖以前，才是母親真正的人生啊。

賢煜看到智旻的表情黯淡下來，接著說道：

「反正出版社快要關門了，只出版紙本書的出版社早就淪為夕陽產業了，很多地方都被媒體公司合併了。」

智旻呆呆地注視著母親的名字。

「就算堅持在那裡工作也撐不過一年，最多也只能撐兩年。她的堅持毫無意義。偏偏那時她又請了產假，所以提早被列入解僱的名單。那可不是妳的錯。」

賢煜的話沒錯，就算銀河沒有懷孕，早晚也得離開出版社。在智旻小時候的記憶裡，大部分的紙本書早就消失了。

但對銀河而言，設計紙本書的封面並不是唯一的選擇。如果她再堅持一下，如果能留在出版社的話，她也許還能做其他的事情。

「只能說是她的運氣不好，我真沒想到她會變成這樣。」

賢煜狡辯地說。

「既然懷了孕，那就只能暫時放下工作，這是很常見的事。」

所有的狀況就像多米諾骨牌一樣連鎖性地把銀河推倒了。

如果那時的母親沒有選擇留在家裡，一切又會怎樣呢？如果她能在哪裡做些什麼，哪怕是設計封面內頁，或是設計最後一頁的小字，又或者只做一些整理文件的工作，只要能感受到自己存在的價值，她是不是就能走出深淵呢？除了規定她角色和責任的家以外，如果她還有別的地方可去的話，抓住最後一絲與世界相連的線的話……

如果是那樣的話，她還會消失嗎？

「妳需要的話，就把這些東西都帶走，雖然不知道這些對她重不重要。」

「爸。」

賢煜轉身的瞬間，被智旻叫住了，他的腳步不自然地停了下來。

「你一次都沒去找過她嗎？連一面都沒見過，只因為遺言就把索引都刪除了？」

此時，智旻連自己想怨恨誰都搞不清楚了，她只想把怒火發洩出來。

「你就這樣把媽媽孤立起來，讓她與世隔絕、毫無歸屬感。難道你一點都不內疚嗎？沒有後悔過嗎？」

或許這也是智旻丟給自己的問題。

閣樓裡鴉雀無聲，賢煜的表情教人捉摸不透。智旻盯著他的後腦勺，但這樣就能看穿他的想法嗎？

過了良久，賢煜低沉的聲音打破沉默傳了過來。

「智旻啊，妳一次也沒有連接過心智，是吧？」

賢煜的聲音變得嘶啞。

「我見過她。那太逼真了。」

智旻嚥了一下口水。

「我覺得人都死了，再見也是痛苦。我只見過她一次，只有那麼一次。」

一口氣憋在智旻的嗓子眼裡令她喘不過氣來。

賢煜錯了。母親以被中斷的狀態仍存在於圖書館的某個地方，至今仍未連接上。

智旻必須找到她。

二十歲的母親，曾置身於世界的中心，曾是開啟話題和話題的主角。擁有索引的母親曾在燈光下翩翩起舞，曾存在於那些線與線之間，曾擁有自己的名字、聲音和形態。

智旻想到母親，覺得她應該長得和自己很像。母親也曾經害怕生小孩嗎？她有下定決心去愛自己的孩子嗎？如今，智旻可以想像出那個被賦予智旻母親之名的、進而丟失自己姓名的、在世界裡遺失了的母親。但曾經，母親也擁有過比任何人鮮明的、固有的名字，她是這個世界裡存在過的金銀河。現在，智旻可以想像出從未見過的母親的過去。

智旻沒有想過原諒她，或是請求她的原諒，因為一切都為時已晚。不管銀河過去是怎樣的一個人，但與智旻建立關係的她就只是一個從未給過孩子真正的愛、不及格的母親。銀河在世的時候，她們彼此做了太多互相傷害的事。

儘管如此，智旻還是有話要對母親說。

智旻匆忙地趕到圖書館，大家吃驚地看著手裡提著一堆行李的她，認識她的職員走上前接過行李。主管和管理員走到櫃檯查看了智旻帶來的東西，她把從賢煜家帶來的四本紙本書遞給他們。當實屬罕見的紙本書出現在圖書館，立刻吸引了周圍人的目光。從書的封面就可以看出銀河的風格和喜好。

管理員解釋說，掃描一本書需要五分鐘左右的時間，如果能通過掃描突觸找出特定心智的話，就可以連接保安卡上的索引，然後名字會直接顯示在畫面上。

在掃描第一本的過程中，智旻看到一排排數不清的名字，但始終沒有發現母親的名字。智旻感到焦慮不安，視線緊盯著畫面，但她內心卻很堅定。管理員毫不猶豫地拿起第二本書，他看著畫面中不斷上升的百分比，小心翼翼地問道：

「請問，這是您要找的人寫的書嗎？」

「不是，不是她寫的，但……」

直到掃描完第二本書，也不見範圍有大幅度地縮小，太多的心智與之相連，但還是可以看出有逐漸縮小的跡象。智旻沒有失望。掃描完第三本書，開始第四本的時候，周圍的職員都圍了過來，大家和智旻一起等待著結果。

四下鴉雀無聲。打破寂靜的咳嗽聲時不時地傳來，所有人的視線都充滿了焦慮。

「啊，找到了！」

管理員指著顯示在畫面上的名字。

智旻在數不清的名字裡找到了母親的名字。

金銀河。

智旻哽咽了，頻頻點頭。

心智連接器在完成識別卡片後，才會開始進行連接。管理員緊張地把連接器遞給智旻，智旻把卡片貼在上面，連接器立刻亮起了藍光，顯示出允許連結的提示。連接器的原理很簡單，只要戴上向大腦皮層發送信號的虛擬現實麥克風耳機，然後根據提示坐在椅子上閉上眼睛就可以了。

智旻睜開眼睛時，看到的畫面十分模糊，只見母親坐在沙發上，側身背對著智旻，注視著牆壁另一側的什麼東西。眼前的母親比智旻記憶中的母親年紀更大，嘴角兩側多了木偶紋，頭髮也變得花白了。

周圍的一切漸漸清晰，智旻知道這是哪裡了。

智旻和母親身處一間小書房，這是從未見過的虛擬空間。書房裡可以看到書籍、筆記本和滿牆的畫，這些都是銀河在成為母親前喜愛過的東西，都是構成她人生的東西。智旻看到書桌一角擺有自己和裕旻的照片。

書房裡的銀河看上去比任何時候都要真實。母親在世的時候，智旻有時甚至覺得她會消失在空氣裡。智旻突然想到一件事，過去的家裡只有母親沒有屬於自己的房間。

銀河轉過頭，看向走進書房的智旻，她的表情讓人讀不懂。人們說的沒錯，這逼真得跟活著的人一樣。智旻在心底反覆默念，母親已經走了，眼前不是真的母親，我不能原諒她，也無法求得她的原諒。現在做這些都是毫無意義的事。

智旻不想就這樣離開。可是說什麼好呢？智旻不想說對不起，也不想說什麼原諒母親的話。

「我突然來找妳，有嚇到妳吧？我有話想對妳說……」

銀河看了一眼開口講話的智旻，然後轉移視線看向陳列著自己物品的書櫃。智旻覺得銀河是在等她把話講下去。

有些人認為心智是活著的意識，但也有人說這不過是再現的程式罷了。到底哪一種說法正確呢？也許永遠也找不到這個問題的答案。

既然如此，自己要相信哪一邊呢？

「我知道不管說什麼，都不可能安慰到妳過去的人生。」

智旻向前邁了一步。銀河迴避的視線最終落在了智旻的身上。

「但現在……」

智旻知道來見母親的目的只是為了告訴她：

「我理解妳了。」

四周安靜了下來。銀河的眼眶濕潤，她伸出手抓住了智旻的指尖。

關於我的宇宙英雄

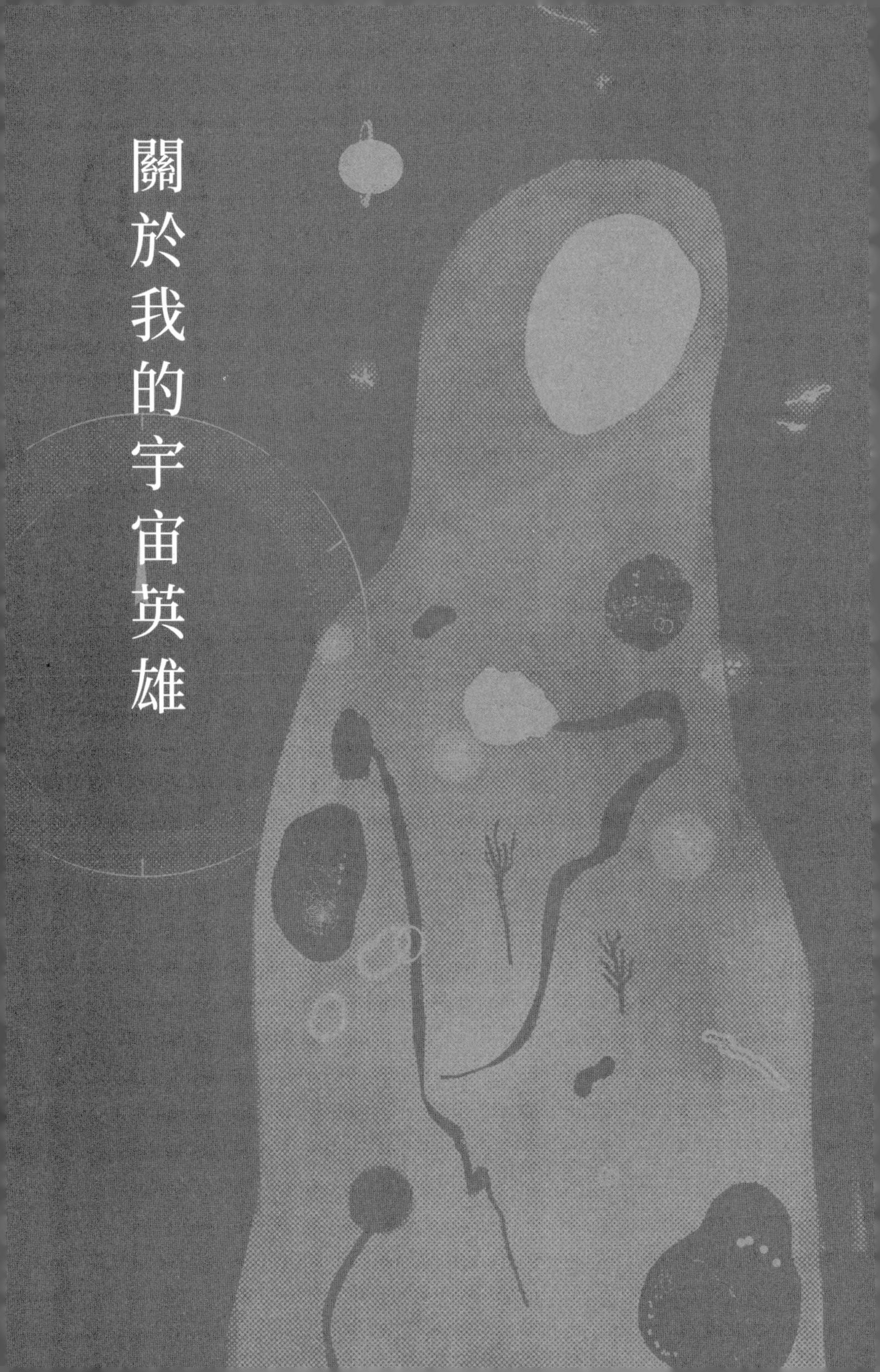

去年年底，佳倫收到入選為太空人候選人的通知。要想成為真正的太空人，則須通過為期長達十八個月的身體改造過程。原本該計畫定在隔年夏天開始，但剛過完年，佳倫便收到接受身體檢查的通知。據悉，太空總署把日程提前了。

當晚看到新聞，佳倫才明白了太空總署為什麼急於進行這項計畫。據消息稱，最早通過隧道的賽伯格「瑞奇」接收到了從隧道另一端的宇宙發出的生命體信號。所以接下來，輪到人類登場了。所有地球人都在期待首位太空人穿越隧道抵達宇宙的另一端，以人類的雙眼親眼見證至今為止人類從未見過的隧道另一端的風景。

哪怕僅有一個人成功穿越隧道，都將為人類的探索帶來戲劇性的擴張。佳倫至今仍不敢相信自己成了這一偉大計畫的候選人，也許當年阿姨也是這種心情吧？

在前往華盛頓正式參與計畫以前，佳倫在首爾某家醫院預約了身體檢查。說是簡單的檢查，但檢查項目卻多得令人嘆為觀止。佳倫心想，「簡單」的檢查就已經這麼麻煩，怕是到了華盛頓以後，要對每一個體細胞逐一進行分析也說不定呢。

雖然媒體公開了佳倫入選為候選人的消息，但後續的事情卻進行得十分保密。護士提早等在醫院後門，然後在沒有做任何登記手續的情況下直接把佳倫帶到了診療室。

佳倫覺得這就和展開間諜戰一樣。太空總署派來的醫療負責人每天會對佳倫的狀態進行確認，需要時間分析的檢查要等到下個星期才能出結果，至於其他的檢查都沒有特別的問題。

但就在第三天，負責人的一番話搞得佳倫惶恐不安起來。

「博士，我查看紀錄時發現了一個問題。」

負責人翻閱著昨天的診療紀錄。

「您為什麼沒有事先告訴我們呢？」

「嗯？」

佳倫擔心難道是發現了腫瘤？瞬間緊張了起來。但負責人卻問了一個令人感到意外的問題。

「您和崔在京是一家人？」

負責人把手中的診療紀錄遞給佳倫，那是昨天下午進行的心理諮商紀錄。佳倫不情願地回答說：

「算是家人的關係，但這有什麼問題嗎？」

佳倫猜測不到為什麼會提到在京阿姨。負責人仍舊愁眉不展，佳倫驚慌地問道：

「難道是有條款規定不能選拔與前任太空人有親屬關係的人嗎？」

這不可能，但就算有這種規定，也不適用於佳倫。負責人像是聽到奇怪的話一樣歪著頭，冷漠地說：

「不是那種問題。您偏偏與崔在京關係密切，這件事當然應該事先告訴我們。資料上只顯示直系親屬，但她又不是別人……這是道義上的問題，也有可能成為不合格的理由。」

對佳倫而言，跟在京阿姨關係密切是一件光榮的事。負責人似乎誤會了什麼。佳倫又開口說：

「在京阿姨……是我的宇宙英雄。當然，就結果而言，她沒有取得成功，但並不是只有生存到最後的人才算是英雄啊。」

佳倫心裡很難受，感覺自己就像國小生在解釋「因為父親，所以將來希望成為一名優秀的消防員」一樣。儘管如此，她還是想為在京屬於「不合格理由」的荒唐說法做出辯解。

「阿姨是我立志成為太空人的契機。雖然那天發生了令人惋惜的犧牲，但是……」

「惋惜的犧牲？」

負責人打斷了佳倫的話，提出反問時的表情十分冷淡。

「您是在說崔在京嗎？」

負責人的態度就像佳倫講了不該說的話，一頭霧水的佳倫愣在原地。

崔在京四十八歲時，被選為人類首批穿越隧道的太空人。選拔結果公布後，立刻引起爭議。作為一名普通的太空人，四十八歲實屬高齡，而且與同齡人相比，她並沒有什麼特別的經驗。對此業界紛紛提出了質疑。隨著媒體相繼報導這位東方女性不僅患有慢性前庭神經炎，而且身材矮小，還有過一次生育經驗，甚至連肌肉和骨質密度也不符合選拔標準時，對於選拔過程的爭議也逐漸愈演愈烈。

最終選拔出三名太空人，但人們只針對其中一名，即，只針對為什麼選拔像崔在京這種不符合條件的人作為人類代表提出質疑。沒有人注意到除了在京以外，其他兩個人都是所屬於太空總署的白人男性。隨後人們把矛頭轉向了太空總署為了公正選拔而引進的人工智慧「Stack-Mind」。

Stack-Mind的開發者們表示，太空人參與的賽伯格改造計畫是一個脫胎換骨、重新塑造新人體的過程，因此比起現有的身體適應能力，更注重的是能夠克服極限改造過程的意志力。在無重力的狀態下，在京的慢性前庭神經炎反而能在適應能力方面起到加分的作用。但人們沒有輕易接受這種解釋，而是把對人工智慧公正性的質疑延伸到了航空宇宙產業以外的領域，各種批判主要職位性別、人種配額制度和優待政策的呼聲四起，但就像大部分的熱門話題一樣，這場鬧得沸沸揚揚的、針對太空人選拔公正性的爭議，也在幾個月後便無人問津。

此後，人們關注的焦點又轉移到在京所經歷的奇異的人體改造過程。太空總署以宣傳為目的拍攝了太空人忍受痛苦的改造和訓練影片，身材矮小的在京咬緊牙關堅持訓練的過程也被拍得十分戲劇化。從某種角度來看，宣傳片帶來像是觀看代表國家的奧運選手訓練的快感，太空人作為人類的代表展現了克服痛苦、艱難和極限狀況，最終取得勝利的壯舉。

為了穿越隧道，即使是在搭乘特殊太空艙的狀態下，也必須忍受極度的重力加速度、急劇的溫度和外部壓力的變化。賽伯格改造計畫正是將人體改造成適應這種極限條件的過程。但為了將人類送往隧道另一頭而改造人體的想法，卻也成了該計畫受到強烈譴責的原因。只是為了看一眼隧道另一頭的宇宙，就放棄人類原有的身體，那就算取得成功，還能算是人類取得的成果嗎？

然而在京並沒有對此產生質疑。

「是啊。雖然我也很期待看到另一頭的宇宙，但……比起這個，我更希望藉此機會超越人類自身的侷限。我們的身體有太多的侷限，特別是我生下女兒西熙的時候，就因為人類在進化過程中尚未解決的問題不知道吃了多少苦頭。如果能擁有更完善的身體，我們就沒有必要像現在這樣。光是想像未來的人類會以某種新面貌生活，就覺得非常有趣。如果我們能迎來那一天，也沒有理由非在地面上生活了。」

在京的回答與大眾對人類首批即將穿越隧道的太空人的期待相去甚遠。人們期待的回答是，她能以宏觀的角度談談此次挑戰將為人類帶來何種意義，以及穿越隧道見證另一端的宇宙時又會給地球人帶來怎樣的影響。可在京卻只提到對新身體的期待。因此有些報紙還發表社論指出，在京不具備專業太空人該有的態度。

另一方面，有別於大人看待在京的視角，在準備穿越隧道的過程中，在京成了眾多孩子們的英雄，佳倫就是其中一個。

最初的賽伯格改造是一項歷時三年的計畫。第一步是利用高分子奈米溶液來替換體液。雖然從表面上看在京和從前並無差別，但隨著反覆輸入奈米溶液，在京徹底變成了另一種身體。改造的最終階段是誕生出結合金屬機器和生物奈米機器人的賽伯格。科學家們推測指出，在進入改造的最後階段時，新身體中原本人體的比率將只有不到五分之一。當改造徹底進入尾聲時，在京已經能在沒有任何幫助的情況下潛入深海，而且一天只要睡四小時便能立刻恢復體力。

有報導稱，在整個穿越隧道計畫中，僅賽伯格改造就投入了數百億美元。太空總署為了宣傳此次計畫，派出太空人作為特別參賽選手參加了國際游泳大賽，電視直播了太空人輕鬆打破紀錄的瞬間。此外，太空總署還派遣完成賽伯格改造的太空人參與現有的太空任務。為了能穿越隧道做準備，每年在京都會執行一次太空任務，期間她共執行過三次任務。在京在採訪中提到，每執行一次任務都會感受到身體在極限狀況下變得越來越舒服。

隧道計畫成為人類為適應宇宙環境而改造人體的一個環節。因為隧道比一般星球的環境更加危險，所以如果人類能夠在隧道內部生存下來的話，便足以證明人類能夠抵達另一端宇宙的任何一個地方。在此次計畫中，如何能夠做到既維持人類的原貌又能強化身體的機能，以及是否能讓強化的身體在極限的環境下安然無恙，則成了與把人類送往隧道另一端同樣重要的終極任務。

終於迎來了人類首次向隧道發射太空艙的日子。

那天本應是紀念人類開拓宇宙的日子，但卻在所有人的關注下發生了悲劇。準備穿越隧道的太空艙因助推器不穩定，在進入隧道前發生了爆炸。艙內的太空人按照緊急逃生指示，嘗試進入宇宙空間，但去營救他們的運輸船還是遲了一步，最終未能找回消失在隧道附近的太空人遺體。

包括在京在內的太空人在面臨死亡的情況下，仍儲存下隧道內部的拍攝資料。飛行記錄器成了太空人犧牲自我，直到最後一刻仍為人類做出貢獻的象徵。幾個月後，在他們的故鄉和華盛頓立起他們的紀念碑，太空總署也會在每年的這一天舉行儀式來悼念第一批為穿越隧道任務而犧牲的太空人。

到此為止，是佳倫所了解的關於在京的故事。

佳倫崇拜在京，比任何人都希望她能成為第一個穿越隧道的地球人。當穿越隧道的任務以失敗告終時，佳倫哭得最為傷心。選拔以後，當人們問起是什麼特別的理由促使她立志成為太空人時，佳倫這才把埋藏在心底的、關於自己的宇宙英雄的故事講了出來。大家聽了她的故事，感動得熱淚盈眶。

但負責人卻說，最後的結局並非佳倫所了解的那樣。

「我還以為妳們關係親近到在一起生活，所以知道事情的真相呢。」

負責人接著道出在京當天執行任務時發生的、那個令人震驚的真相。

真相是這樣的。

事實上，那天在京並沒有做出英雄般的犧牲，一開始她就沒有搭乘通往隧道的太空艙。也就是說，在京並沒有出現在投資了巨額資金的任務現場。太空總署判斷因太空艙炸毀，找不回任何可以展開調查的線索，所以決定隱瞞在京做出的致命性的「違約」行為。

發射前一天，在京就已經離開待命區域。

她沒有前往宇宙，而是跳入了大海。

西熙毫不在意地說：

「我媽本來就那樣，什麼事都隨心所欲。」

佳倫一時無話可說。

「那妳是知道這件事囉？」

「當然了。我是她女兒，當然都有告訴我，柔珍阿姨也知道。太空總署讓我們假裝不知道，說是反正遺體也找不回來，所以就按照官方說法全當是在宇宙犧牲了。那些人竟然大發善心提出這種要求。可能光是處理太空艙爆炸的事就很棘手吧。」

「那妳們為什麼不告訴我？」

西熙聳了一下肩膀。

「這種事怎麼跟妳開口啊。」

「妳們怎麼能這樣？我和在京阿姨又不是外人！」

「就因為這樣，所以才沒告訴妳。妳跟我媽的關係已經超越了親人，妳簡直就是崔在京狂熱的信奉者，要是真有崔在京教的話，我看妳就是頭號信徒。那天之後，妳好長一段時間連飯也吃不下，後來才好不容易緩了過來，我和妳媽都以為妳快死了呢。妳都這樣了，我們怎麼告訴妳？怎麼開口對妳說，妳的偶像在執行任務時，膽怯地逃跑了？」

佳倫啞口無言。西熙說的都是事實。

「可就算是這樣，後來也該告訴……」

佳倫看到西熙的臉上流露出難以揣測的感情，於是閉上嘴。

佳倫的母親明知道真相，但也沒有告訴她。那天，柔珍一度陷入悲傷久久未能從椅子上站起，當時佳倫還以為她是遭受失去朋友的打擊，但做夢也沒想到會是這樣的理由。

佳倫崇拜一生的宇宙英雄竟然在執行人類重大任務的前一天逃走了。

整個週末，佳倫都在思考在京的事，但不管怎麼想都無法理解她為什麼會做出這種事。哪有人會在光榮成為人類首批穿越隧道的太空人以後，突然在出發前跳入大海呢？況且做心理檢測時，在京也沒有被發現任何異常的問題。

無論佳倫再怎麼思考，始終找不出答案，就連知道真相的西熙也不知道原因，所以佳倫更無從尋找線索。

週末過後，佳倫在休息室等待接受最後的心理檢測時，負責人走了進來。佳倫稍稍猶豫後，開口問道：

「選拔出了什麼問題嗎？」

「心理上的問題可能來自家族病史，即使不會取消選拔，但也要進行嚴格的心理檢測……」

佳倫打斷負責人的話說：

「如果是這種原因，那我可以保證，我沒有問題。」

負責人用十分費解的眼神看向佳倫，但佳倫只是安靜地坐在那裡，沒有再多做解釋。等待期間，負責人面帶不悅地看著佳倫。

在京和佳倫的母親金柔珍是在未婚媽媽的社群網站上相識的，最初她們只是知道彼此的名字，巧合的是，每逢週末她們都會在社區的電影院巧遇。就這樣，兩個人透過聊天得知，在京是就讀於附近大學的天文物理學研究所的博士生，柔珍是在會計事務所工作的上班族。她們經常一起吃飯，還互相邀請對方到家裡作客，彼此分享育兒資訊，暢談喜歡的電影。久而久之，隨著分享的領域逐漸擴大，能夠互相幫助的事情也多了起來。如果柔珍想看的電影上映了，她就會把孩子託付給在京照顧。隔天，在京外出時，柔珍便會留下來照顧兩個孩子。

最後柔珍和在京乾脆住到一起，她們找到一戶有客廳、陽臺和各自房間的房子。從那時起，西熙和佳倫相處得就跟親姊妹一樣。佳倫猜想，也許母親和在京阿姨也是經過了二十年的相處，才培養出親姊妹般的感情。

攻讀博士的過程中，在京突然懷上了西熙，隨即迅速經歷了休學、結婚和離婚。雖然育兒和學業並行不是一件容易的事，但在京始終沒有放棄研究。在京在研究所發表幾篇優秀的論文以後，收到出國繼續深造博士後的提議，但她還是留在了韓國。期間在京輾轉於多家研究所，直到西熙入學以後，最終選擇留在政府出資的研究所。

佳倫從小便把在京視為偶像，一直稱呼她在京阿姨。每次聽在京講解正在研究的行星時，佳倫都會感到心臟撲通撲通直跳。在京給佳倫講述很多新奇的事情，像是據推測宇宙中有很多存在其他生物的星球，但人類至今沒有找到可以前往的方法。如果有一天，宇宙航行技術能夠取得飛躍性的進展，人類就可以探索宇宙中的星球，說不定還可以生活在那些星球上。那樣的話，人類就要適應與現在不同的環境，說不定還要擁有不同的身體。佳倫聽著這些故事想像著宇宙。宇宙的另一端真的存在與人類不同的生命體嗎？其他星球上的生物又是何種樣貌呢？有時佳倫會思考這些問題直到天亮，她還閱讀各種科學小說，玩遍所有太空遊戲，每逢週末便和在京一起瀏覽太空總署的網站。佳倫特別喜歡網站每週上傳的星雲照片，在京還會給她講在遙遠的宇宙發現新的星雲的趣聞。

佳倫和在京非常合拍，相反地，西熙聽到與物理學有關的事就會感到不耐煩，所以對母親做的事也沒有多大的興趣。在日常生活中，西熙和柔珍更為投緣，等到西熙的閱讀喜好傾向於柔珍以後，她們還開始一起使用書房的書櫃。佳倫曾經思考過，四個人是怎麼聚在一起的。不光佳倫，高中時的西熙就曾對佳倫說過：

「看來我們是投錯了胎，認錯了媽媽。」

「很有可能，所以我們才住在一起。」

總之，西熙和佳倫以各自的方式愛著媽媽和阿姨。她們是情同親姊妹的好朋友，所以全當自己有兩個媽媽。

這一奇特的共同體維持了十多年，但隨著西熙比佳倫先念大學搬走以後，在京也因為研究所的內部紛爭問題考慮換工作，四個人的生活迎來變化。

在地球以外的地方發現「隧道」也是在那時候。

火星附近出現了隧道。當發現火星軌道上的不明天體時，物理學家們還以為是觀測設備出了問題。在無人探測器接近天體拍攝的影片中，人們首次看到隧道呈現的外觀，它就像一個微型的黑洞。事實上，人們還看到周圍的物質被吸進隧道。各國針對觀測資料進行分析的結果顯示，這個隧道既不是天體也不是黑洞，而是新的發現。因此更多人相信，這應該與人類尚未探明的時空存在關聯。

無人測試站駛向隧道附近，每天向隧道傳送不同的測試物質。起初的問題是，無法觀測進入隧道的物質變化，因此有人向隧道內部導入利用量子纏結的通訊系統。

反覆的實驗證明了一項事實，那就是物質可以通過隧道。但問題在於通過隧道的物質將失去原有的形體。通訊系統顯示，徹底失去原有形體的物質在維持質量不變的情況下，抵達了宇宙的某一處。既然如此，那物質到哪裡呢？

科學家們將研究的重點轉移到尋找如何能讓物體維持原有的形態通過隧道的方法，最先成功的實驗對象是壓縮的高分子立方體，但僅憑立方體很難找到隧道的用途。接著科學家們又利用在極限環境下進行災難救助的機器人進行實驗，機器人通過隧道後，不僅附帶的鏡頭破碎，而且在留下簡短訊息以後徹底停止運作。但透過機器人證實了隧道的另一端存在著「另一個宇宙」，也就是說隧道可以通往宇宙的另一端。另一個宇宙與太陽系相距遙遠，可以視為是宇宙的對面。

研究小組透過持續的實驗總結出穿越隧道的條件。由於物體在進入隧道的瞬間會承受巨大的重力加速度和壓力，所以物體必然難以維持原有的形態。儘管科學家們開發出進入隧道的「太空艙」，但其本身還是會受到體積和質量的限制。面對難以解決的難題，有人提出一種設想：將送往隧道的設備製作成可分解式的模組，然後在通過隧道以後利用通訊系統將其重新組裝。人類首次向隧道傳送小衛星的部件，但沒過多久衛星便停止運作。經過一系列的研究，人們找到一線希望——也許可以將人類送往宇宙的對面。

但問題是，至今為止沒有生命體通過隧道的先例。要想利用現今的技術製造出能夠保護生命體免受壓力和重力加速度傷害的太空艙，則該太空船艙的體積和質量，將遠遠超出可以通過隧道的大小。當這一問題陷入膠著時，太空總署提出了新的方案：將變形的生命體送往隧道，而不是原有的生命體。

Pantropy，這種將生命體改造成適應宇宙極限環境的想法，至今只存在於小說的想像世界裡，因為沒有人類需要離開地球去適應新環境，所以在現實中從未進行過嘗試。但人類最初的Pantropy，日後正式命名為賽伯格改造的這一計畫，也不是為了讓人類適應宇宙的環境，或是生活在其他的星球上。啟動這一計畫的目的，就只是為了把人類送往隧道的另一端。當改造過的果蠅、老鼠、鸚鵡和狗通過隧道以後，太空總署判斷是時候能把人類送入隧道了。

之後，在京報名參加這項首次改造太空人的計畫，並成功入圍候選人名單，經過半年的訓練和驗證，最終獲選為執行隧道任務的太空人。

在京出發前往華盛頓本部參加最終訓練前回到韓國，時隔數月，四個人歡聚一堂舉行了送別會。兩名中年女子、一名剛滿十八歲的成人和一名青少年，組成這一奇特家庭的成員都知道，也許日後再也不會有團聚的日子。如果有，也是在很遙遠的未來。正因為這樣，大家準備了這場熱鬧、歡快的送別會。佳倫對在京說，希望她能成為首位親眼見證另一個宇宙的太空人，為全家人爭光。

關於在京選為太空人後引發的各種爭議，佳倫也略知一二，但更具體的事情在京卻從沒提過，後來從西熙口中得知具體的內幕以後，佳倫著實大吃一驚。

在京身為優秀資歷的首席研究員，不僅精通國際任務相關語言，還參與過太空總署的諸多共同計畫。除了前庭神經炎外，在京沒有任何嚴重的健康問題，她甚至還通過了最為嚴格的「Stack-Mind」考核，充分地證明自己有資格成為太空人。但儘管如此，她還是不符合人們所認定的完美、標準太空人形象。

選拔結果公布以後，某位相關匿名人士在受訪時提到：「我們不得不考慮性別和人種的配額問題。」採訪內容播出後，立即引發更大的爭議。隨著對在京資格的質疑和指責愈演愈烈，太空總署公開部分在京在訓練過程中的優異成績。人們在網路上以各國語言紛紛討論在京的實力問題，以及影響到選拔結果。

雖然一些人對在京滿心質疑，但相反地，也有追捧和送上讚譽的支持者。在京成為太空人的那一年，還被眾多團體評選為「年度女性」，並接受一連串的採訪，向少女們傳遞勇氣和鼓勵。未婚媽媽國際後援活動也邀請她擔任宣傳大使，而每次召開女性科學家學術研討會時，也都會邀請她擔任主講嘉賓。

有人認為在京不具備成為人類代表的資格，與此同時，也有人認為在京是作為人類邊緣人的代表前往宇宙。在京既成為被人們貶低的對象，同時也成了人們追捧的對象。

西熙後來回憶說，雖然在京接受了所有的邀請，並在日程允許的情況下出席所有的活動，但她逐漸變得疲憊不堪。

太空總署組織性地隱瞞了在京最後的選擇。當時，因太空艙爆炸事故，太空總署受到國際社會的譴責，因此判斷在此情況下，如果公開在京沒有執行任務而是跳入大海的消息，勢必會受到致命的攻擊。事實上，從直播發射太空艙到傳出事故消息，人們都深信不疑地相信裡面載有三名太空人。

佳倫得知事情真相的幾天後，不知從哪裡洩漏消息，媒體以「太空人崔在京的震撼真相」為標題報導此事，某時事節目甚至還打算做一期「崔在京醜聞」的特輯節目。電視臺不斷打電話騷擾西熙和佳倫，但因為沒有挖到勁爆內容，最後便不了了之。

關於這件事，佳倫也無話可說。因為在京在逃走以前，始終是一個勤懇、有能力的太空人。在京參與的三次太空任務都取得成功，而且其中一次，面對太空站模組意外分離的危險狀況，在京及時轉移基地救下組員的功勞也獲得認可。但有一點令佳倫感到費解，那就是在京原本要搭乘的太空艙發生的爆炸事故。佳倫認為即使在京早已預料出這樣的結果，她也不是那種會在前一天逃走的人，因為在京是個只要下定決心就會堅持到底的人。

總之，自從有人公開這件事以後，批判在京的聲音四起，媒體將兩名堅持到底執行任務的「太空英雄」與膽怯逃亡的「背叛者」在京的人生做了對比，並進行大篇幅的報導。雖然國外也是一片譁然，但帶頭譴責在京的不是國外媒體，而是國內的媒體。國內的媒體用各種措辭猛烈地攻擊在京，稱她為「浪費國庫」、「丟人現眼」、「給國家蒙羞」的女太空人。在京早已不在，根本無法回應這些攻擊。

針對在京最後做出的選擇，外界做出了各種推測，大量的專欄和分析報導不斷湧現。很多人認為當時在京以唯一女性、亞洲人和未婚媽媽等引人注目的特殊身分成為人類代表，但她難以承受來自四面八方嚴格審視自己的視線和壓力，最終選擇了自殺。報導還再三強調，身為人類代表必須具備健全家庭和健康身心的重要性，最終得出的結論——「崔在京的慘劇」是選拔人才方式失誤而釀成的人災。

雖然佳倫也很好奇為什麼在京會做出那種選擇，但她更無法認同寫出那種報導的人推測出的理由。佳倫在每一篇胡言亂語的報導下方按下了「生氣」鍵，按到最後氣憤不已，乾脆把平板電腦丟在床上。

第二波關於在京的傳聞不斷擴散期間，佳倫的賽伯格改造正式開始了。

當佳倫在華盛頓分配到宿舍時，不禁想像起在京是否也睡在這樣的房間裡。宿舍比佳倫至今為止住過的任何一個地方都要舒適，但獨自住在這麼乾淨、寬敞的大房子裡，難免會感到空虛和寂寞。

醫護人員為佳倫解說後續的日程。整個改造的過程和在京所經歷的相似，但時間比過去縮減，而且使用的設備也比之前更為先進。首先，利用奈米溶液替換體液，等到身體適應後，再用人工器官換下脆弱的器官，最後一步是更換皮膚和血管。醫護人員利用虛擬技術向佳倫展示改造後的樣子，佳倫覺得那就像小學生畫的想像科學裡的臨時演員。實際上，膚色可以調整回原有的顏色，所以不會產生異質感，但佳倫還是覺得，畫面中改造後的自己彷彿成了有別於人類的另一種存在。佳倫目不轉睛地看著畫面中的自己，她還沒有切身感受到將會經歷和在京一樣的改造過程，以及產生和在京相同的煩惱。

西熙給抵達華盛頓的佳倫寄了一些零食，但自從輸入奈米溶液以後，佳倫便吃不下東西。醫護人員說，這是普遍性的副作用，除此之外，沒有再提供任何幫助。西熙在視訊電話中看到佳倫臉色蒼白，不禁嚇了一跳，但佳倫卻異常平靜。

兩個人聊著瑣碎的話題。西熙告訴佳倫，最近正在適應新換的大學工作。佳倫也為滿心好奇的西熙描述有關絕對保密的賽伯格中心，以及滿走廊用途不明的可疑設備。

聊著聊著，佳倫突然問了一個問題。

「為什麼在京阿姨要自殺呢？」

「我不覺得我媽是自殺。」

西熙斬釘截鐵地說。

「說是自殺，但有太多疑點了。」

佳倫也同意西熙的說法。有太多令人費解的地方。佳倫接著問道：

「妳一直都不好奇嗎？在京阿姨真的是出於自己的選擇跳入大海嗎？如果不是的話，那很有可能有人介入其中，或者是一場陰謀，再不然就是事故。妳也知道妳媽不是會逃走的人，更不會是輕生的人。」

「我當然好奇。」

西熙點了點頭。

「身為女兒，向太空總署詢問真相是我該做的事，那時柔珍阿姨也沒有出面的立場。我對負責人死纏爛打不停地追問，還威脅他們如果不告訴我的話，就把這件事爆料給媒體。最後，太空總署給我看了閉路攝影機拍下的最後一幕。我當時還在想，既然留下影片，那麼最後一瞬間不可能沒有人去阻止我媽吧。但看完影片之後，我也無話可說了。」

「為什麼？」

「那段影片其實是在拍海岸懸崖處的瞭望臺，但我媽突然出現在畫面下方，我緊盯著她。」

西熙的聲音沒有一絲悲傷。

「崔在京毫不猶豫，就像預謀暗殺計畫已久的狙擊手發射出的子彈那樣，準確地衝向懸崖，準確地跳入大海，而且還是以驚人的姿勢，就像跳遠或跳水選手一樣。」

「……」

「那哪是自殺啊？哪有人自殺會那麼做。」

西熙嗤之以鼻。聽到這裡，佳倫才明白為什麼西熙在面對在京的死時，比起悲傷，總是更顯得很無可奈何。

為什麼最後一刻在京選擇的不是宇宙，而是大海呢？正如西熙所言，把這看成是無法承受心理壓力的自殺，未免太奇怪。

下個星期，佳倫又收到西熙寄來的零食，包裹裡還有在京留下的筆記本。筆記本上有幾處貼有索引貼紙，佳倫猜想那應該是西熙留下的標記。佳倫在筆記本上找到了重要的線索。

筆記本的首頁記載著到目前為止已經公開的隧道相關內容，進入隧道所需的最大體積、最大質量和必須承受的壓力，以及改造後的人體所能承受的隧道環境……

佳倫翻到下一頁，接下來的內容都不是關於隧道，而是關於深海。

佳倫仔細查看上面的計算公式，突然腦子一片空白，那些公式是在推算通過賽伯格改造的人體是否能在深海生存。

服用了兩個月特製的奈米機器人溶液後，佳倫明顯感受到身體出現變化。比起平時在宿舍裡休息或參加會議，在進行高強度訓練的時候，身體反而變得更加輕快。醫護人員表示，改造人體是為了適應極限的環境，因此這種現象證明改造進行得非常順利。這等於是說 Pantropy 出現了真正效果。

佳倫收到新的強化訓練清單，巧合的是，她注意到了上面的深海潛水訓練。早在十幾年前，訓練項目中就已存在中性浮力，目的是為了讓太空人適應無重力狀態，但唯獨在執行隧道任務的訓練目錄中新設有深海潛水。教練解釋說，一般的水深難以對賽伯格的身體施加有意義的壓力，所以需要進行深海訓練。

雖然改造尚處在初期階段，但太空人已經可以潛入超出人類潛水能力五倍的深度。據說如果改造順利結束的話，太空人還能潛入更深的深海。當然，潛入深海並不是目的，這不過是為了模擬隧道的極限環境罷了。

但在潛入深海的過程中，佳倫感受到了一種難以言喻的自由。

如果人類可以在深海中感受到自由的話，那這件事本身不足以成為目的嗎？佳倫突然想到在京最後的選擇。

幾天後，在與西熙的通話中，佳倫提到了這一假設：

「我覺得在京阿姨是想成為人魚。」

「妳在說什麼呢？是不是訓練太累了？」

如今西熙比起去想母親的事，更加擔心起佳倫。在潛入深海的瞬間，當感受到新的身體更適應極限的環境時，佳倫體驗到了一種前所未有過的解脫感。佳倫覺得如果在京也有過相似的體驗的話，那她真正的目的就不是穿越隧道，而是重新誕生為新的人類。也就是說，在京的最終目的說不定只是賽伯格改造而已。

在京不是也在採訪中提到過，人類的身體存在太多侷限嗎？難道說她是需要第二個身體嗎？

從某一刻開始，原本指向不光彩太空人崔在京的矛頭轉向了佳倫。

太空總署再次確認佳倫和在京沒有任何法律上的關係以後，便沒有再追究此事，但大眾卻追問起佳倫和在京關係上的責任。

「妳是什麼時候知道崔在京做出那種選擇的呢？為什麼不事先公開，還報名參加這次的計畫呢？」

「我們怎麼知道妳不會像崔在京一樣逃跑呢？為了不讓全國人民擔憂，請妳展現一下決心。」

人們輕易地發現了在京和佳倫的共同點，不管佳倫在採訪中如何作答，都會被人們曲解成她與在京一樣情緒不穩定。如果佳倫稍微發表袒護在京的言論，人們便會一口咬定她也會像在京一樣逃跑。人們死盯著佳倫的一言一行，處處為難她。最後連西熙都看不下去，乾脆打電話對佳倫說：「要是再有人問關於我媽的事，妳就說她是大逆不道的罪人，妳絕對不會做出同樣的事。徹底跟她劃清界線。就算妳這麼說，我媽也不會放在心上的。」

既然妳們親如一家人，為什麼沒有阻止崔在京的自殺行為呢？既然妳明知道真相，為什麼假裝不知道呢？面對這些不管如何回答，都只教人處境更加悲慘的問題時，佳倫選擇了沉默。但她感到很慶幸，因為西熙和柔珍沒有在提問的現場。

「對在京阿姨而言，沒有前往宇宙會不會是一種解脫呢？」

佳倫被這些問題整整折磨了一個月，在與西熙通話的時候，她又提出了另一種假設。經歷這些以後，佳倫隱約理解在京拋開一切選擇離開的心情。佳倫這樣講不是為了得到西熙的認同，但沒想到西熙也點了點頭。

「也有這種可能，畢竟我媽異於常人。」

佳倫又回想了一遍在京所經歷的事情。

「這次在京阿姨的事情被公開以後，我們什麼難聽的話都聽了。」

「是啊。」

「阿姨的確做了該挨罵的事。」

「說的也是。」

「但如果是別人做出這種選擇的話，人們也會說同樣的話嗎？」

在京已經不在，但人們卻肆意聲討起像在京一樣的弱者。人們聲稱，不應該讓存在缺陷的人坐到重要的位置上，必須重新制定標準人類的基準。

但有些指責明顯不是在京的錯。某些人的失敗會被視為其所屬集體的失敗，然而有些人的失敗卻不是這樣的。

「其實，我也聽到了在京阿姨被選為太空人時聽到的那些話，所以我才咬牙堅持。我以為只要用行動就可以證明，但結果一樣，聽到的還是那些話。」

佳倫沉默片刻後，再次開口說道：

「阿姨也許是在嘗試擺脫那種束縛的方法。」

西熙稍稍歪了頭，嘟囔了一句：「這也有可能。」這不過是佳倫和西熙做過眾多推測中的一種，因此並不能完全說明在京最後的選擇。兩個人再次陷入沉思，沉默良久後，結束當天的視訊電話。

時間過得飛快，佳倫通過了最後的測試。

準備向火星軌道發射太空船的前一個星期，太空人與親屬見了最後一面。穿越隧道任務十分危險，正如最初嘗試的那樣，此次任務存在無法生還返回地球的可能性。太空總署提供大家見面的場所，而且控管得十分嚴格，只有收到會客券的人才允許進出。太空人又不是去死刑場的囚犯，竟然還要控管見面的人。佳倫覺得這麼做有點可笑，但轉念一想，這也可能是在京留下的一種後遺症。

佳倫在會客室見到西熙。柔珍沒有來，她傳簡訊給佳倫，希望她平安歸來。在佳倫的記憶裡，母親始終沒有走出痛失好友的陰影。她回覆說，自己一定會平安回來。

西熙帶來佳倫喜歡吃的巧克力。但佳倫說要控制飲食，不能吃，西熙覺得很遺憾。西熙說，在京在執行任務前，自己過於緊張都不知道應該帶什麼東西來，也不知道有這些限制。身體改造進入最後階段以後，太空人已經不能像從前那樣享受美食了，失去味覺是成為賽伯格的代價之一。但仔細想來，在京從來沒有提過這件事，每次柔珍寄給她的零食，她都說津津有味地吃光了。

兩個人把巧克力推到桌子一邊，聊著日常瑣事，她們都在刻意迴避隧道。話題延伸到遙遠的天際之外，但很快又返回地球。

會客時間快要結束的時候，西熙說道：

「這件事我想了很久。」

「嗯？」

「我好像知道我媽為什麼那麼做了。」

西熙不以為然地說。佳倫笑著問道：

「妳現在告訴我，就不怕我效仿阿姨做出同樣的事嗎？妳一點也不擔心？」

西熙知道這是一句玩笑話，但還是認真地搖了搖頭。

「我知道妳不會那麼做，所以現在告訴妳。」

「那妳說說看。」

佳倫稍稍抬起下巴，她並沒有期待西熙能說出什麼驚人的理由。

「在京阿姨為什麼那麼做？」

「我媽有一次喝醉，傳送一則影像訊息給我。她抱怨說，受夠了人們對自己的期待和憎惡。因為她平時也常跟我抱怨這些，所以我根本沒放在心上。但那天，她說了這麼一句話：『我都做到這種程度，也算盡力了，妳說是不是？』」

「阿姨到底盡了什麼力啊？真正重要的事她都沒有做。」

佳倫嘴上這麼說，但心裡其實很清楚在京阿姨做了很多事。在京是名副其實的宇宙英雄，她走遍全世界，成功完成過多次任務，改變無數少女的人生。即使在京最後做出不同的選擇，但這並不意味那些因她而改變的人生路線會迴轉。佳倫就是一個很好的證明，她崇拜在京，因此成為憧憬宇宙的少女，如今她又成了在京的接班人。

西熙又想到一件事，接著說道：

「我想起來了，有一次我媽還提到過隧道另一端的事，妳猜她說什麼？她說，就為了去看一眼隧道另一端的宇宙有必要花費那麼多資金嗎？宇宙還不都是一樣。」

「這哪是用那麼多經費改造成賽伯格的太空人該講的話啊？」

「誰說不是呢。」

佳倫搖了搖頭。
「看來在京阿姨起初就沒有穿越隧道的想法。」
西熙聳了一下肩膀說：
「沒錯。雖然我很想否認，但越想越覺得妳的推測是對的。最初她是竭盡所能，但結果還是決定跳入大海。她是想隻身一人潛入深海。真是有夠自私的，那個計畫投資了多少錢啊。」
說不定這就是最合理的推測。想到這果然是性格異於常人的在京的做事風格，佳倫和西熙相視笑了出來。
「就算全世界都指責她，但我做不到。」
西熙說道。佳倫也點了點頭。
「我也是。」
那天晚上，佳倫整夜沒有闔眼。深海裡的在京阿姨，最終抵達了找尋的目的地嗎？想像在京在深海悠然自得地游動比想像她置身宇宙更容易，因為潛入深海的在京太遙遠、太不現實了，所以反而能在腦海中隨意勾畫出那幅畫面。也許在京正在用新安裝的鰓呼吸，在一望無際的黑暗裡追隨著微弱的光亮擺動四肢。與此同時，她還會盡情地嘲笑陸地上所有令人寒心的事情。佳倫覺得，深海的黑暗和宇宙相似，所以在京才會毫不猶豫地跳入大海。但至今佳倫仍有一個疑問，阿姨不會因為沒有看到隧道另一端的宇宙而感到遺憾嗎？

裝載光子推進引擎的太空船歷時一個星期抵達了火星。在這一個星期裡，太空人觀看來自地球的影像訊息。人類的未來、宇宙的擴張，無數的訊息在衝出大氣層期間接踵而來。當這些意義重大的詞彙在無重力的狀態下狠狠地壓在太空人的肩膀上時，佳倫想到當初根本沒有搭乘前往火星軌道的太空船的在京。太空船接近火星軌道時，大家看到設在軌道附近的無人太空站。接下來只要將太空船停靠在太空站，然後換乘太空艙，便可以開始執行進入隧道的任務。

近距離看到的隧道比之前照片和影像中的隧道更加平凡，最初推論隧道是通往其他宇宙通路的天文學家們堅持認為，我們比起眼前看到的，更應該相信數字，但也許這些天文學家不過是一群盲目相信資料的人。因為從外觀上看，眼前的隧道毫無價值可言，它就像宇宙中打通的一個黑洞。

等待指示期間，佳倫待在瞭望室呆呆地望著隧道。其他太空人以為佳倫情緒低落，經過的時候都拍拍她的肩膀。其實，佳倫是在思考別的事情。如今真的來了，但萬一什麼都看不到呢？如果真的是那樣，會不會更好呢？

「有必要看嗎？」在京不屑一顧地放棄了穿越隧道的偉大機會，但佳倫把握住這個機會，而且為完成任務來到此處。

儘管佳倫依然背負著地球人賦予的責任，但她絲毫沒有感受到任何的壓力。這也許是因為在京身負所有的壓力跳入大海。

因為在京，佳倫失去了以首位賽伯格身分潛入深海的機會。如今佳倫無需再追趕在京的足跡，她很快就要成為首位穿越隧道的人類。

太空人進入密艙後，操作員進行簡要的說明。一切都將按照模擬實驗來進行，重要的是，在短暫失去意識以後，大家需要醒來的意志和強大的精神力量。因為大家的身體不是完整的機械，因此在進入隧道時難以避免陷入無意識的狀態。雖然任務的成功與否取決於諸多的條件和狀況，但找回意識還是要靠各位本人。當各位睜開眼睛的瞬間，表示你們已經抵達另一端的宇宙。如果任務失敗的話，那就無法再睜開雙眼了。

操作員還說：

「想著你們心愛的人會有幫助的。」

密艙的門關上以後，液體漸漸從地面湧上，不管是吸氣還是吐氣，奈米溶液很快便進入肺部。即使經歷過無數次訓練，但這種不像是在用肺呼吸，而是靠全身的血管呼吸的感覺始終教人無法適應。

佳倫很緊張，但眼下已經無法做出任何表達。

想著心愛的人？佳倫現在只想見三個人，倒數計時開始了，顯然她沒有時間一一唸出她們的名字。由於緊張，佳倫的腦袋變得一片空白。

緊接著就像關掉電源一樣，所有的感覺都被切斷了。

佳倫感受到水壓後睜開了眼睛，黏稠的液體遮住了視線，液體湧入耳朵、鼻子和眼睛的感覺十分奇妙。當她眨了五次眼睛之後，終於想起來了。

失去意識前聽到的是歡呼和倒數計時。

此時此刻……佳倫穿越了隧道。

伴隨著天旋地轉的暈眩，周圍的風景也在一圈圈地打轉。

佳倫伸手摸索著地面，按下了密艙下方的液體排放按鈕，隨即壓迫感漸漸消失了，接著可以明顯感覺到奈米溶液從體內流出。

密艙的門開了。佳倫做了一個深呼吸，咳嗽時還吐出了苦澀的液體。她看到一旁密艙裡的兩個人依舊閉著眼睛，於是走上前按下開艙按鈕。伴隨著嗡嗡作響的噪音，玻璃內側的奈米溶液打著漩渦排放而出。

量子通訊機傳出吱吱的雜音，接著傳來詢問內部情況的聲音。佳倫伸手拿起還在嘗試對話的通訊機說：

「我們通過了。」

成功的消息傳達後，出現了短暫的寂靜。

顯示燈閃了兩下後，通訊機另一端傳來了混雜著噪音的歡呼聲。

「我去確認一下狀況。」

太空艙轉換為觀景模式，隔門收起後可以看到位於太空艙尾端的瞭望臺。佳倫透過六角框架看到了新的宇宙。隧道另一端的宇宙。她搖晃著身體，伸手抓住牆上的把手，扶牆來到瞭望臺。

星星和灰濛濛的星雲出現在眼前。佳倫原以為可以看到更多的星星，但眼前的景象與之前見過無數次的宇宙並沒有什麼差異。

佳倫彷彿聽到了在京的聲音。是吧，我都說沒必要非得來看了。在京說的沒錯。老實講，眼前的光景沒有壯觀到值得賭上性命。但佳倫還是要來，因為她想親眼看一看這片宇宙。佳倫站在瞭望臺，在時間允許的情況下，緩慢地用雙眼記錄著這片宇宙。

如果有一天可以再見到自己的宇宙英雄，佳倫會告訴她，宇宙另一端的風景也相當壯觀。

解讀

讓美好的一切回歸原位

任亞英（文學評論家）

金草葉的SF小說為我們展現的是未來。以當代現實中尚無法實現的未來科學技術，將我們帶入一個豐富多彩且神祕的世界。在那個世界裡，我們既可以設計人類的胚胎，也可以與生活在外星的智慧生命體進行交流，甚至可以透過虛擬技術與往生的家人重逢。在這樣的世界裡，我們憧憬有朝一日可以抵達烏托邦。但這並不是遙遠的未來，因為金草葉創造的小說世界敏銳地貫穿了當下的社會問題。對於包括女性、身心障礙者、移民者和未婚媽媽在內的弱勢群體和少數人的不平等問題仍舊存在，在重視成果的體系中非經濟性的價值遭到排除，不符合正常標準的人們都被排擠在了歷史的紀錄之外。人類利用尖端科學技術追求的世界真的是更適合我們生活的世界嗎？當下我們所經歷的不平等、壓迫、排擠和痛苦是否能朝著更好的方向轉變呢？

如果科學技術不能確保帶來更好的世界，那我們要做的恐怕不是以二分法的方式來追究科學技術發展的結果到底是烏托邦，還是反烏托邦。重要的也許是，具體的想像那個與我們生活的世界複雜相連的烏托邦或反烏托邦的過程。在這個過程中，我們既可以回想起被定性為非正常的、且長期被遺忘的存在，也可以為不同型態的存在賦予其本身應有的意義。科學技術不是為了排擠弱勢群體和少數人，而是在告訴我們可以憧憬共同生活的世界。金草葉的小說為我們開闢了一條美好的冒險之路。

為了那些被遺忘之人的航行

在金草葉的小說中，真相不是被賦予的，而是一個尋找的過程。因此故事會從人物的消失或失蹤出發，展開沿著人物的軌道慢慢領悟真相的敘事。但那是怎樣的真相呢？

在〈館內遺失〉中會出現上傳亡者「心智」的圖書館。連接心智便可以與亡者的靈魂重逢，因此人們會到圖書館來追悼亡者或是與之見面。當智旻得知三年前上傳的母親的心智在圖書館遺失後，開始尋找母親的蹤跡。智旻並沒有懷念生前因憂鬱症給自己留下太多傷害的母親，她只是對母親死後消失的原因感到好奇。在尋找母親的過程中，智旻不僅知道了母親生前從事設計工作，且是因為懷孕後不得不中斷工作才罹患產後憂鬱症，更領悟到在索引被刪除以前，母親的人生就已經從世界分離。這種領悟剛好與懷孕八週、覺得自己沒有母愛的處境相吻合，並且延伸到理解女性因為結婚和懷孕被動地與世界脫離的狀況。最終與母親重逢的智旻艱難地開口說，「我知道不管說什麼，都不可能安慰到妳過去的人生。」「但現在，我理解妳了。」智旻鼓起勇氣講的這句話，已經超越了與關係破裂的母親和解的訊息，這更是一份想要為脫離世界的女性找回與世界相連紐帶的心意。

這份心意一直延續到〈如果我們無法以光速前進〉中的女性科學家。故事講述在星際旅行時代，一位一百七十歲的老人安娜為了前往名為斯倫伯尼亞的第三行星，獨自在太空站苦苦等候一百多年的故事。透過負責報廢和回收宇宙垃圾的員工，我們才逐漸釐清事情的真相。在宇宙拓荒時代初期，安娜是一位研究人體冷凍睡眠中深凍結技術的科學家。但在開發出比光速更快的曲速引擎後，人們又發現更具高效率的蟲洞隧道，追求經濟效益的宇宙聯邦因此單方面決定停止運行原有的宇宙航路，這使得安娜無法前往丈夫和孩子先行出發的斯倫伯尼亞行星。然而安娜始終沒有放棄去斯倫伯尼亞的希望，她獨自一人留在宇宙，利用深凍結技術艱難地延長著生命。安娜擁有的舊式太空船即使以光速前進，也無法抵達需要數萬年航行時間的斯倫伯尼亞行星，但最後她還是悠然自得地離開了太空站，臨行前撂下一句：「我很清楚自己要去哪裡。」

宇宙聯邦只追求經濟效益的決定阻礙了女科學家與家人團聚的計畫，一百年來對已逝家人的思念，加上即使以光速前進也仍需要數萬年才能抵達的星際距離，讓這個故事顯得更加悲傷和痛心。安娜最後的航行終究會駛向死亡，但注定失敗的這趟旅程並非毫無意義，因為細膩地輕撫那些隨時間流逝而模糊的紋路時，被遺忘了的、消失的痕跡會再次顯現意義。即使無法以光速前進，也不能讓逝者起死回生，更不是為了宇宙拓荒，但在這些不可能的條件下，安娜和這本小說仍為了對抗被遺忘的力量而付出行動。這是為了記住那些被遺忘的人們所秉持的真心。

探問正常性的賽伯格

在〈關於我的宇宙英雄〉中也可以看到遭受排擠的女性和科學家。四十八歲的亞洲人、未婚媽媽崔在京獲選為太空人，但她是一個拒絕歷史賦予自身角色且擁有自主性的人物。在京因身患慢性前庭神經炎而不符合選拔的體檢標準，加上她和太空總署出身的白人男性一同被選為太空人，所以成了少數人獲得成功的榜樣，受到了全世界的矚目。但比起宇宙的另一端，在京更感興趣的是超越人體的極限，在接受了長達十八個月的身體改造之後，在京擁有了賽伯格的身體，然而這樣的她卻沒有前往宇宙，而是突然跳進了深海。社會以自私為由，批判在京沒有盡到身為太空人的義務，而這樣的批判加劇了人們對於少數人的偏見。從小崇拜在京阿姨而立志成為太空人的佳倫，在歷經在京所經歷的一切後，揣測出在京是為了擺脫人們對成功美名下賦予少數人的過度期待。她覺得在京做出那樣的選擇是追求某種解脫。這位中年的未婚媽媽作為太空人，沒有沉陷於體制要求或是世人期待，而是把精力集中在超越人體物理性的極限上。在京的選擇延續到下一代女性太空人佳倫，同樣是代表少數人的佳倫之所以沒有感受到任何壓力、作為太空人順利地出發，是因為在京早前打破各種偏見和期待，開闢出一條新的道路。在未婚媽媽的社群網站相識，進而重組另一種型態的家庭，以及在這種家庭裡延續的世代情感和身為未婚媽媽的中年東方女性所承受的歧視性視線，提出何謂「正常性」的疑問。

〈為何朝聖者去而不返〉中登場的莉莉．道德納也同樣對社會定義的正常性概念提出質疑。在這篇小說中，二〇三五年出生於哥倫比亞波哥大的莉莉隨家人移居美國波士頓後，順利完成學業成為精英科學家。但她二十歲中半段時突然消聲匿跡，之後再次出現時搖身一變成了能夠完美設計人類胚胎的生物駭客「蒂恩」。隨後她開始製造起長相美麗、有能力、沒有疾病且長壽的「新人類」。莉莉的臉上有一道因遺傳病留下的醜陋疤痕，她認為這樣的自己和怪物無異，所以希望建設一個只有完美人類的烏托邦。但諷刺的是，胚胎設計引發了改造人和非改造人之間嚴重的等級分化。於是莉莉在地球以外的地方創造了一個只由存在缺陷的孩子們組成的、沒有歧視和排擠的「村莊」。既然是這樣，那這座村莊會成為充滿幸福的烏托邦嗎？

在村莊出生長大的黛西親自展開敘述。小說沒有給出簡單的答案，而是更深入地探究起問題。村莊的孩子在成年後會踏上前往地球的朝聖之旅，但每次都有去而不返之人。黛西突然對此產生疑問。最終得知村莊誕生祕密的黛西提出了這樣的問題：「如果這裡是烏托邦的話，那為什麼朝聖者去而不返呢？」這個問題不僅輕易地顛覆了障礙和非障礙、烏托邦和反烏托邦、完整和不完整，甚至還促使人們開始思考這種二分法式的規定關係。黛西很好奇為什麼村莊的孩子們彼此不會相愛、也沒有浪漫的感情和性愛，為了尋找理由，她來到地球。也許黛西是這樣想的，所謂的烏托邦不是徹底消除身體缺陷的世界，也不是只隔離起存在障礙的人們的世界。相反地，應該是思考障礙與歧視、關愛與排擠、完美與苦痛的世界。也許應該消除的不是少數人的身體缺陷或疾病，而是必須克服這些缺陷的正常性概念。

我們與外星智慧生命體的漫長相遇

既然是這樣，那要如何憧憬與女性、身心障礙者、移民者和未婚媽媽等弱勢群體和少數人共同生活的世界呢？如果正常性的概念只是為了區分具備不同條件的存在而進行的等級劃分，那我們又該如何接受與自己不同的他人呢？我們要如何理解他人，並與之共存呢？金草葉的小說藉由人類長期以來視為他人的外星智慧生命體，嘗試引導我們對這一可能性進行了思考。

〈光譜〉講述一位女性生物學家熙貞在進行宇宙探險時不幸遇難，失蹤的四十餘年間在太陽系以外的星球上遇到外星智慧生命體的故事。身為備受矚目的研究員，熙貞在三十五歲那年不幸遇難，並在不知名的星球上遇到了比人類更高、擁有灰色皮膚，且能直立步行的智慧生命體路易。熙貞和在危難之中救下自己的路易一起生活在洞穴裡，逐漸培養出友誼。路易的壽命只有三到五年的時間，但路易死後會將靈魂延續給下一個路易。當熙貞了解到這些智慧生命體擁有以色彩為單位的文字體系，但仍無法與人類溝通以後，便以自己的感覺和理解方式研究路易的靈魂，並且接納一切。時間流逝，熙貞在失蹤四十多年後奇蹟般地返回了地球。儘管熙貞堅稱自己是最早發現外星智慧生命體的人，但卻不肯透露任何關於那顆星球的資訊，於是人們把她當成幻謊症患者。熙貞把這個一直珍藏在心底的、關於路易的故事詳細地講給「我」聽，就像死掉的路易把靈魂延續給了下一個路易一樣，外婆的故事也延續給了「我」。這個故事告訴「我」，就算是與完全無法理解的他人共處，我們也還是可以接受那種不可能性。無法理解人類這種渺小、脆弱的生命體的路易也透過對熙貞的觀察，用色彩留下令人難以忘懷的紀錄：「她是一種既驚奇又美好的生物。」在無法徹底理解他人的情況下，我們依然可以感受到彼此的驚奇與美好。從記錄下在他人身上感受到驚奇與美好的路易身上、從把色彩文字翻譯成美好的敘述文字講給孫女聽的熙貞身上、從始終把那句話記在心裡的「我」身上，我們看到了理解的不可能性創造出的某種可能性。

〈共生假設〉講述了未知的外星生命體寄生於人體的故事。在莫斯科的育幼院長大的柳德米拉．馬爾可夫從五歲起便能用色鉛筆畫出夢幻、美麗的星球，她因此一躍成為了世界公認的藝術家。柳德米拉一直堅稱這顆行星就是自己的故鄉，而且令人驚訝的是，人們無一不深愛她筆下的星球上的風景。有一天，天文館的工作人員觀測到，某星球的資料竟與柳德米拉行星驚人地相似。這一發現加劇了人們對柳德米拉行星的熱烈討論。同一時間，在位於首爾市廣津區的「大腦解析研究所」，秀彬和韓娜正利用大腦活性化模式的成像技術分析著「思考語言」，她們發現新生兒的大腦中存在來自於柳德米拉行星的外星生命體。這些外星生命體早在數萬年前就寄生於新生兒的大腦中，向人類傳授著愛、倫理和利他主義等的價值觀。正是出於這種原因，柳德米拉的畫才會喚起人們的思念和感動之情。

作者將這些外星生命體和路易設定為具有思維體系和溝通能力的「智慧」生命體是很重要的一件事，因為這兩個故事並不只是單純地出於對外星生命體的好奇心，而是為了更進一步深入與之建立的關係。熙貞和路易，柳德米拉行星的生命體和人類，兩者的相遇都不是短暫的接觸。在這兩篇小說中，時間短則十年，長則數萬年。藉由這段漫長的時間，我們可以去想像人類與這些所謂外星生命體的他人共生的感覺。假如我們一直以來認定的價值觀其實是來自外星生命體，而最初人類智慧的進化和文明也都是與牠們共生而觸發的話，那對人類而言，還有哪種關係比這更深遠、更隱密呢？在如此深遠且隱密的關係中，我們憧憬著與既不能理解也不能溝通的他者的共生之夢。

也許，還要經過很長的時間

接下來要談一談這本書中最可愛的小說〈情感的物質性〉。某一天，雜誌社的記者靜夏對市面上流行的「情感的物質性」產生了興趣。「情感的物質性」是將幸福、鎮靜、恐懼和憂鬱等無形的感情製作成有形的產品。但靜夏懷疑，摸一摸鎮靜香皂就能平復心情，吃一塊心動巧克力就會心跳加速的效果不過是一種假科學或商業手法。當發現平日裡喜歡收集雜物的女友寶賢沉迷於憂鬱體時，靜夏更加無法理解為什麼人們要購買憂鬱、憤怒和恐懼等負面情緒產品。靜夏為此與寶賢發生爭執，最後寶賢說，自己不過是想用手觸摸感受一下憂鬱這種情緒罷了。說完，寶賢奪門而出，留在原地的靜夏思考，不，應該是說他嘗試感受寶賢的香水味、桌子上曲折的木紋和玄關冰冷的質感，以及寧靜的空氣。

在這本小說中，既顯明又有感覺的〈情感的物質性〉剛好與金草葉的第一本小說集的質感不謀而合，因為那些在現實中無法實現、未來抽象的科學技術在她精巧構建的小說世界裡呈現出具體的感覺。三年前去世母親的靈魂透過移植轉換成隨時可以連接的心智；從壓迫中解脫出來的少數人以賽伯格的身體跳入大海；無法理解的關係透過外星生命體路易的彩色圖畫做了解答。作者為我們帶來了這些故事。

讓我們再來回想一下開篇時提到的問題。人類利用尖端的科學技術追求的世界真的會成為更適合我們生活的世界嗎？當下我們所經歷的歧視、壓迫、排擠和痛苦真的可以朝更好的方向轉變嗎？雖然不知道答案，但在金草葉的小說世界裡，我們可以看到過去歷史上被遺忘的女性、身心障礙者、移民者和未婚媽媽等少數人透過這些具體的感覺慢慢回歸原位的美好光景。就像安娜駕駛那艘破舊的小太空船駛往即使以光速前進也需要數萬年才能抵達的斯倫伯尼亞行星一樣，就算注定這是一趟失敗的旅程，但安娜清楚地知道自己要去的地方。安娜的那艘太空船穿梭在看似靜止的遙遠星球之間，也許有一天她真的可以抵達斯倫伯尼亞行星。我願選擇相信：「也許，這還要經過很長的時間。」

任亞英

文學評論家。畢業於首爾大學人類學暨美學系，並在韓國文學研究院修完博士課程。現任季刊《文學村》編輯委員，並於二〇一八年入選《京鄉新聞》「新春文藝評論部門」後，同時進行研究及文學評論。著有《文學是危險的》（民音社）。

作者的話

我看到一個故事說，如果在圖書館遺失書籍的話，便很難再找回來了。於是我在便條紙上寫下「館內遺失」這個題目，之後就把這件事忘了。在徵稿活動即將截止前，我又看到那張便條紙，於是構想出〈館內遺失〉這個故事。雖然將人類的靈魂以資料儲存的想法在SF中是很常見的素材，但我覺得似乎可以把資料的遺失與現實世界裡的遺失串連在一起。明明存在於這個世界的某一處，但卻找不到的那個人會是誰呢？我跟隨這樣的想法，完成這個故事。

我在最初學習寫SF時，就對超光速航法很感興趣，因此構想出〈如果我們無法以光速前進〉。為求突破任何物質都無法超越光速的宇宙極限，物理學家和作家們研究出各種方法。其實，只要選擇其中一種套用在小說裡就可以，但我想寫的是改變超光速航法模式期間發生的事情。安娜在太空站等待太空船的故事，靈感來自於一則「假公車站」新聞。在德國有一個不管怎麼等都等不到車的公車站，那是為防止走出養老院的老人迷路而設的，每到傍晚，養老院的人便會開車接走等在那裡的老人。

我一直對人類是基於物質的存在這件事很感興趣，這也是我為什麼選擇修化學的原因之一。我常常會思考感情的物質性，抽象和具體的轉換。如果我們因為擁有某種物質而得到情感上的滿足，是不是也可以理解為是想擁有那種感情呢？出於這樣的疑問，我創作了〈情感的物質性〉。日後很想以這個主題再寫一部長篇。

在創作〈光譜〉的那段時期，我關注的是人類的感覺會伴隨技術而發生變化。科學課本裡經常可以看到新知識和發現新知識的工具、設備和實驗規畫。光是想到我們利用各種工具（望遠鏡、顯微鏡和現代實驗室的主要實驗設備）探索和擴張某種世界就覺得很有趣。於是我產生好奇，如果是一位只習慣於這種感覺的科學家到了一個僅憑人類的感覺無法認知的世界，然後又與他人相遇的話，那會是什麼感覺呢？

〈為何朝聖者去而不返〉是參加以烏托邦或反烏托邦為主題的短篇小說徵稿作品。最初我不假思索地選擇了烏托邦，但因為想像不出烏托邦的樣子而陷入苦惱。真的會有適用於所有人的技術嗎？創作這個故事期間，我反覆想到這個問題。雖然至今仍沒有找到答案，但我還是想繼續去尋找。

〈共生假設〉是我寫得最愉快的一個故事。在ＳＦ中，人類遇到外星人時通常會出現極大的矛盾。仔細想來，這是理所當然的結果，但我還是想寫一篇徹底與我們不同的另一種存在建立共生關係的故事。

〈關於我的宇宙英雄〉是為了這本小說集而寫的短篇小說。因為之前已經寫過幾篇嚴肅的故事，所以這次想寫一個輕鬆點的故事。但奇怪的是，創作這個故事的時候情節並沒有朝輕鬆的方向發展。雖然在京是一個虛構的人物，但我覺得她一定存在於某個地方，所以到現在我還是覺得在京正在深海的某個地方游著。

我喜歡探索和鑽研人們嘗試去理解根本無法理解的故事。總有一天，我們會以和現在不同的面貌生活在另一個世界，哪怕是在遙遠的未來也還是會有人孤獨和寂寞，並且渴望觸及到什麼。不管生活在哪裡、哪個世代，我都不想放棄相互理解這件事。今後我還是會持續創作小說，寫下那些互相理解的短篇故事，尋找相互對立、共同生活的故事。

在此感謝幫助我出版第一本書的人們。感謝細心閱讀每篇故事，並且毫無保留地提出意見的趙祐娜編輯，託她的福這本書才得以出版。也要感謝我的朋友們，雖然我對於給他們看自己寫的故事非常不好意思，但大家不僅稱讚我的第一本小說，還到處為我做宣傳。也要感謝為我加油打氣的妹妹們，是她們給了我勇氣。

感謝每次欣然成為第一位讀者、用美麗的文章作詩的母親，因為她覺得故事有趣，所以我才抱有其他讀者也會覺得有趣的信念。多虧了最棒的音樂家兼咖啡師的父親的鼓勵和凌晨三點的美味咖啡，我才順利度過了截稿危機。在此向我深愛的父母致上最特別的感謝。

小說精選

如果我們無法以光速前進

2022年3月初版　　　　定價：新臺幣380元

2023年9月初版第五刷

有著作權・翻印必究

Printed in Taiwan.

著者	金草葉
譯者	胡椒筒
叢書編輯	黃榮慶
校對	蘇暉筠
內文排版	李偉涵
封面設計	鄭婷之

出版者	聯經出版事業股份有限公司
地址	新北市汐止區大同路一段369號1樓
叢書編輯電話	(02)86925588轉5307
台北聯經書房	台北市新生南路三段94號
電話	(02)23620308
郵政劃撥帳戶第0100559-3號	
郵撥電話	(02)23620308
印刷者	世和印製企業有限公司
總經銷	聯合發行股份有限公司
發行所	新北市新店區寶橋路235巷6弄6號2樓
電話	(02)29178022

副總編輯	陳逸華
總編輯	涂豐恩
總經理	陳芝宇
社長	羅國俊
發行人	林載爵

行政院新聞局出版事業登記證局版臺業字第0130號

本書如有缺頁，破損，倒裝請寄回台北聯經書房更換。　ISBN　978-957-08-6200-3 (平裝)

聯經網址：www.linkingbooks.com.tw

電子信箱：linking@udngroup.com

Original Title: 우리가 빛의 속도로 갈 수 없다면

Copyright © 2019 by Choyeop Kim

All rights reserved.

Original Korean edition published by EAST-ASIA Publishing Co.

Traditional Chinese Translation Copyright ⓒ 2022 by Linking Publishing Co., Ltd.

This Traditional Chinese Language edition published by arranged with EAST-ASIA Publishing Co. through MJ Agency.

This book is published with the support of the Literature Translation Institute of Korea(LTI Korea)

LTI LITERATURE TRANSLATION INSTITUTE OF KOREA

國家圖書館出版品預行編目資料

如果我們無法以光速前進/金草葉著．胡椒筒譯．初版．

新北市．聯經．2022年3月．288面．14.8×21公分（小說精選）

ISBN　978-957-08-6200-3（平裝）

[2023年9月初版第五刷]

862.57　　　　111000728